D1561380

Sie sind jung und unabhängig, einsam oder ein scheinbar perfektes Paar. Sie sind auf der Suche nach etwas und finden doch nichts, ihr Leben gerät für einen Moment in Bewegung oder steht plötzlich still. Einziger Beobachter ist der Ich-Erzähler: kühl und distanziert, abwartend, rauchend. Peter Stamm zeichnet in seinen Erzählungen scharfe Momentaufnahmen eines flüchtigen Glücks und der Sehnsucht nach Veränderung. ›Blitzeis‹ erzählt Liebesgeschichten in bewegten Bildern, Geschichten, die unsere Zeit einfangen.

»Wir haben viele Jahre gejammert, dass es keine Kurzgeschichten gibt. Jetzt haben wir einen Autor, der das Lebensgefühl der absoluten Vereinsamung, der Sprachlosigkeit ausdrückt.«
Verena Auffermann

Peter Stamm, geboren 1963, studierte einige Semester Anglistik, Psychologie und Psychopathologie. Er lebt mit seiner Familie in Winterthur. Er arbeitete in verschiedenen Berufen, unter anderem in Paris und New York. Seit 1990 arbeitet er als freier Autor und Journalist. Er schrieb mehr als ein Dutzend Hörspiele. Seit seinem Romandebüt ›Agnes‹ 1998 erschienen drei weitere Romane, fünf Erzählsammlungen und ein Band mit Theaterstücken. Zuletzt erschienen 2013 der Roman ›Nacht ist der Tag‹ und 2014 der Erzählungsband ›Der Lauf der Dinge‹ und die Poetikvorlesungen ›Die Vertreibung aus dem Paradies‹.

Weitere Informationen, auch zu E-Book-Ausgaben, finden Sie bei www.fischerverlage.de

Peter Stamm

Blitzeis

Erzählungen

FISCHER Taschenbuch

2. Auflage: April 2015

Erschienen bei FISCHER Taschenbuch,
Frankfurt am Main, November 2011

Erstveröffentlichung im Arche-Verlag, Zürich-Hamburg
Satz: Fotosatz Amann, Memmingen
Druck und Bindung: CPI books GmbH, Leck
Printed in Germany
ISBN 978-3-596-19255-7

Inhalt

But I can't be talkin' of love, dear,
I can't be talkin' of love.
If there be one thing I can't talk of
That one thing do be love.

Esther Mathews

Am Eisweiher

Ich war mit dem Abendzug aus dem Welschland nach Hause gekommen. Damals arbeitete ich in Neuchâtel, aber zu Hause fühlte ich mich noch immer in meinem Dorf im Thurgau. Ich war zwanzig Jahre alt.

Irgendwo war ein Unglück geschehen, ein Brand ausgebrochen, ich weiß es nicht mehr. Jedenfalls kam mit einer halben Stunde Verspätung nicht der Schnellzug aus Genf, sondern ein kurzer Zug mit alten Wagen. Unterwegs blieb er immer wieder auf offener Strecke stehen, und wir Passagiere begannen bald, miteinander zu sprechen und die Fenster zu öffnen. Es war die Zeit der Sommerferien. Draußen roch es nach Heu, und einmal, als der Zug eine Weile gestanden hatte und das Land um uns ganz still war, hörten wir das Zirpen der Grillen.

Es war fast Mitternacht, als ich mein Dorf erreichte. Die Luft war noch warm, und ich hatte die Jacke nur übergehängt. Meine Eltern waren schon zu Bett gegangen. Das Haus war dunkel, und ich stellte nur schnell meine Sporttasche mit der schmutzigen Wäsche in den Flur. Es war keine Nacht zum Schlafen.

Vor unserem Stammlokal standen meine Freunde und berieten, was sie noch unternehmen sollten. Der Wirt hatte sie nach Hause geschickt, die Polizeistunde war vorüber. Wir redeten eine Weile draußen auf der Straße, bis jemand aus einem Fenster rief, wir sollten endlich ruhig sein und verschwinden. Da sagte Stefanie, die Freundin von Urs: »Warum gehen wir nicht im Eisweiher baden? Das Wasser ist ganz warm.«

Die anderen fuhren schon los, und ich sagte, ich würde nur schnell mein Fahrrad holen und dann nachkommen. Zu Hause packte ich meine Badehose und ein Badetuch ein, dann fuhr ich hinter den anderen her. Der Eisweiher lag in einer Mulde zwischen zwei Dörfern. Auf halbem Weg kam mir Urs entgegen.

»Stefanie hat einen Platten«, rief er mir zu. »Ich hole Flickzeug.«

Kurz darauf sah ich dann Stefanie, die an der Böschung saß. Ich stieg ab.

»Das kann eine Weile dauern, bis Urs zurückkommt«, sagte ich. »Ich gehe mit dir, wenn du magst.«

Wir schoben unsere Fahrräder langsam den Hügel empor, hinter dem der Weiher lag. Ich hatte Stefanie nie besonders gemocht, vielleicht weil es hieß, sie treibe es mit jedem, vielleicht aus Eifersucht, weil Urs sich nie mehr ohne sie zeigte, seit die beiden zusammen waren. Aber jetzt, als ich zum ersten Mal mit ihr allein war, verstanden wir uns ganz gut und redeten über dies und jenes.

Stefanie hatte im Frühjahr die Matura gemacht und arbeitete bis zum Beginn ihres Studiums im Herbst als Kassiererin in einem Warenhaus. Sie erzählte von Ladendieben und wer im Dorf immer nur die Aktionen und wer Kondome kaufe. Wir lachten den ganzen Weg. Als wir beim Weiher ankamen, waren die anderen schon hinausgeschwommen. Wir zogen uns aus, und als ich sah, dass Stefanie keinen Badeanzug dabeihatte, zog auch ich meine Badehose nicht an und tat, als sei das selbstverständlich. Der Mond war nicht zu sehen, aber unzählige Sterne und nur schwach die Hügel und der Weiher.

Stefanie war ins Wasser gesprungen und schwamm in eine andere Richtung als unsere Freunde. Ich folgte ihr. Die Luft war schon kühl gewesen und die Wiese feucht vom Tau, aber das Wasser war warm wie am Tag. Nur manchmal, wenn ich kräftig mit den Beinen schlug, wirbelte kaltes Wasser hoch. Als ich Stefanie eingeholt hatte, schwammen wir eine Weile nebeneinanderher, und sie fragte mich, ob ich in Neuchâtel eine Freundin hätte, und ich sagte nein.

»Komm, wir schwimmen zum Bootshaus«, sagte sie.

Wir kamen zum Bootshaus und schauten zurück. Da sahen wir, dass die anderen wieder am Ufer waren und ein Feuer angezündet hatten. Ob Urs schon bei ihnen war, konnten wir aus der Entfernung nicht erkennen. Stefanie kletterte auf den Steg und stieg von dort auf den

Balkon, von dem wir als Kinder oft ins Wasser gesprungen waren. Sie legte sich auf den Rücken und sagte, ich solle zu ihr kommen, ihr sei kalt. Ich legte mich neben sie, aber sie sagte: »Komm näher, das hilft ja so nichts.«

Wir blieben eine Zeitlang auf dem Balkon. Inzwischen war der Mond aufgegangen und schien so hell, dass unsere Körper Schatten warfen auf dem grauen, verwitterten Holz. Aus dem nahen Wald hörten wir Geräusche, von denen wir nicht wussten, was sie bedeuteten, dann, wie jemand auf das Bootshaus zuschwamm, und kurz darauf rief Urs: »Stefanie, seid ihr da?«

Stefanie legte den Finger auf den Mund und zog mich in den Schatten des hohen Geländers. Wir hörten, wie Urs schwer atmend aus dem Wasser stieg und wie er sich am Geländer hochzog. Er musste nun direkt über uns sein. Ich wagte nicht, nach oben zu schauen, mich zu bewegen.

»Was machst du da?« Urs kauerte auf dem Geländer des Balkons und blickte auf uns herab. Er sagte es leise, erstaunt, nicht wütend, und er sagte es zu mir.

»Wir haben gehört, dass du kommst«, sagte ich. »Wir haben geredet, und dann haben wir uns versteckt, um dich zu überraschen.«

Jetzt schaute Urs zur Mitte des Balkons, und auch ich schaute hin und sah dort ganz deutlich, als lägen wir noch da, den Fleck, den Stefanies und mein nasser Körper hinterlassen hatten.

»Warum hast du das gemacht?«, fragte Urs. Wieder

fragte er nur mich und schien seine Freundin gar nicht zu bemerken, die noch immer regungslos im Schatten kauerte. Dann stand er auf und machte hoch über uns auf dem Geländer zwei Schritte und sprang mit einer Art Schrei, mit einem Jauchzer, in das dunkle Wasser. Noch vor dem Klatschen des Wassers hörte ich einen dumpfen Schlag, und ich sprang auf und schaute hinunter.

Es war gefährlich, vom Balkon zu springen. Es gab im Wasser Pfähle, die bis an die Oberfläche reichten, als Kinder hatten wir gewusst, wo sie waren. Urs trieb unten im Wasser. Sein Körper leuchtete seltsam weiß im Mondlicht, und Stefanie, die nun neben mir stand, sagte: »Der ist tot.«

Vorsichtig stieg ich vom Balkon hinunter auf den Steg und zog Urs an einem Fuß zu mir. Stefanie war vom Balkon gesprungen und schwamm, so schnell sie konnte, zurück zu unseren Freunden. Ich zog Urs aus dem Wasser und hievte ihn auf den kleinen Steg neben dem Bootshaus. Er hatte am Kopf eine schreckliche Wunde.

Ich glaube, ich saß die meiste Zeit einfach nur da neben ihm. Irgendwann, viel später, kam ein Polizist und gab mir eine Decke, und erst jetzt merkte ich, wie kalt mir war. Die Polizisten nahmen Stefanie und mich mit auf die Wache, und wir erzählten, wie alles gewesen war, nur nicht, was wir auf dem Balkon getan hatten. Die Beamten waren sehr freundlich und brachten uns, als es schon Morgen wurde, sogar nach Hause. Meine Eltern hatten sich Sorgen gemacht.

Stefanie sah ich noch bei der Beerdigung von Urs. Auch meine anderen Freunde waren da, aber wir sprachen nicht miteinander, erst später, in unserem Stammlokal, nur nicht über das, was in jener Nacht geschehen war. Wir tranken Bier, und einer sagte, ich weiß nicht mehr, wer es war, es reue ihn nicht, dass Stefanie nicht mehr komme. Seit sie dabeigewesen sei, habe man nicht mehr vernünftig reden können.

Einige Monate später erfuhr ich, dass Stefanie schwanger war. Von da an blieb ich an den Wochenenden oft in Neuchâtel und fing sogar an, meine Wäsche selber zu waschen.

Treibgut

May God forgive the hands that fed
The false lights over the rocky head!
John Greenleaf Whittier

Ich wusste nicht, ob ich die richtige Nummer gewählt hatte. Auf dem Anrufbeantworter war nur klassische Musik zu hören, dann ein Pfeifton und dann die erwartungsvolle Stille der Aufnahme. Ich rief noch einmal an. Wieder kam nur die Musik, und ich hinterließ eine Nachricht. Eine halbe Stunde später rief Lotta zurück. Als wir uns besser kannten, erzählte sie mir von Joseph. Er sei der Grund, weshalb sie den Beantworter nicht bespreche. Er dürfe nicht wissen, dass sie zurück sei in der Stadt.

Lotta war Finnin und wohnte im West Village auf Manhattan. Ich brauchte für einige Zeit eine Wohnung. Eine Agentur hatte mir Lottas Nummer gegeben.

»Ich muss die Wohnung manchmal vermieten«, sagte Lotta, »wenn ich keine Arbeit habe.«

»Und wo wohnst du in der Zwischenzeit?«, fragte ich.

»Meistens bei Freunden«, sagte sie, »aber diesmal habe ich noch niemanden gefunden. Weißt du einen Platz für mich?«

Die Wohnung war groß genug, und so bot ich ihr an zu bleiben. Sie willigte sofort ein.

»Du darfst das Telefon nie direkt abnehmen«, sagte sie. »Warte immer, bis du weißt, wer dran ist. Wenn du mich anrufen willst, ruf mich. Dann stelle ich den Beantworter ab.«

»Warst du da, als ich zum ersten Mal anrief?«, fragte ich.

»Ja«, sagte sie.

Lotta wohnte im vierten Stock eines alten Hauses in der 11th Street. Alles war schwarz in der Wohnung, die Möbel, das Bettzeug, die Teppiche. Einige vertrocknete Kakteen standen auf dem kleinen eisernen Balkon, der auf einen Hinterhof hinausging. Auf der Kommode neben Lottas Bett und auf dem Glastisch mit dem Anrufbeantworter lagen verstaubte Muscheln und Korallenästchen. In den wenigen Lampen steckten rote und grüne Glühbirnen, die die Räume abends in ein seltsames Licht tauchten, als stünden sie unter Wasser.

Als ich die Wohnung besichtigt hatte, war Lotta im Pyjama an die Tür gekommen, obwohl es schon Mittag war. Nachdem sie mir alles gezeigt hatte, ging sie sofort zurück ins Bett. Ich hatte sie gefragt, ob sie krank sei, aber sie hatte den Kopf geschüttelt und gesagt, sie schlafe einfach gern.

Als wir dann zusammen wohnten, stand sie nie vor Mittag auf und ging meistens vor mir wieder zu Bett. Sie las viel und trank Kaffee, aber ich sah sie kaum je essen. Sie schien von Kaffee und Schokolade zu leben. »Du musst gesünder essen«, sagte ich, »dann bist du nicht immer so müde.«

»Aber ich schlafe gern«, sagte sie und lachte.

Mit uns lebte eine ganz junge schwarze Katze. Lotta hatte sie geschenkt bekommen und Romeo getauft. Später hatte sie erfahren, dass Romeo ein Weibchen war, aber der Name war geblieben.

Es war Oktober. Ich traf alte Freunde, Werner und Graham, die bei einer Bank arbeiteten. Ich schlug ihnen vor, für ein langes Wochenende ans Meer zu fahren. Graham sagte, wir könnten sein Auto nehmen, und ich lud Lotta ein, mit uns zu kommen. An einem Freitagmorgen fuhren wir los. Wir wollten nach Block Island, einer kleinen Insel, hundert Meilen östlich von New York.

Noch in Queens machten wir zum ersten Mal halt. Unsere Abfahrt hatte sich verzögert, und wir waren hungrig. An einem kleinen Imbissstand direkt an der Hauptstraße aßen wir Hot dogs. Lotta trank nur Kaffee. An einer Kreuzung, nicht weit von uns entfernt, stand ein Schwarzer. Er hatte eine Pappschachtel mit vakuumverpacktem Fleisch neben sich. Wenn die Ampel rot wurde, ging er von Auto zu Auto und versuchte, das Fleisch zu verkaufen. Als er uns sah, kam er mit einem der Pakete in der Hand auf uns zugerannt. Wir unterhielten uns eine Weile mit ihm. Sein Französisch war besser als sein Englisch, und wir fragten ihn, wie es ihn ausgerechnet nach Queens verschlagen habe. Er ging auf all unsere Scherze ein, hoffte wohl bis zuletzt, dass wir ihm etwas abkaufen würden. Als wir schon losfuhren, lächelte er noch, hob sein Fleisch in die Höhe und rief uns etwas nach, das wir nicht mehr verstanden.

Wir waren mit der letzten Fähre an diesem Tag auf die Insel gekommen. Das Auto hatten wir auf einem fast leeren Parkplatz auf dem Festland zurückgelassen. Die Überfahrt dauerte zwei Stunden, und obwohl es kalt war, blieb Werner die ganze Zeit über draußen an der Reling stehen. Wir anderen saßen in der Cafeteria. Das Schiff war fast leer.

Direkt am Hafen der Insel stand ein großes, heruntergekommenes Jugendstilhotel. Nicht weit davon entfernt fanden wir eine einfache Pension in einem leuchtend weiß gestrichenen Holzhaus. Es war selbstverständlich, dass Lotta mit mir das Zimmer teilte.

Vom Meer her wehte ein heftiger Wind. Trotzdem beschlossen wir, noch vor dem Abendessen einen Spaziergang zu machen. Am Strand entlang führte eine Promenade aus grauverwittertem Holz. Außerhalb des Dorfes hörte sie plötzlich auf, und wir mussten durch den Sand weitergehen.

Werner und ich gingen nebeneinander. Er war sehr schweigsam. Graham und Lotta hatten die Schuhe ausgezogen und suchten näher am Wasser nach Muscheln. Sie blieben bald zurück. Nur manchmal hörten wir noch einen Schrei oder Lottas hohes Lachen durch das Lärmen der Brandung.

Als wir eine Weile gegangen waren, setzten Werner und ich uns in den Sand, um auf die beiden zu warten. Im Gegenlicht sahen wir ihre Silhouetten schwarz vor dem glitzernden Wasser.

»Was machen die so lange da unten?«, fragte ich.

»Muscheln suchen«, sagte Werner ruhig. »Wir sind weit gegangen.«

Ich kletterte auf eine Düne, um zurückzuschauen. Sand kam in meine Schuhe, und ich zog sie aus. Das Dorf war weit entfernt. In einigen Häusern brannte schon Licht. Als ich zurückkam, war Werner zum Ufer hinuntergegangen. Lotta und Graham saßen im Windschatten der Düne. Sie hatten ihre Schuhe wieder angezogen. Ich setzte mich neben sie, und wir schauten schweigend zum Meer, wo Werner Muscheln oder Steine ins Wasser warf. Der Wind trieb den Sand in Wirbeln über den Strand.

»Ich friere«, sagte Lotta.

Auf dem Rückweg ging ich neben Lotta und half ihr, die gesammelten Muscheln zu tragen. Meine Schuhe hatte ich an den Schnürsenkeln zusammengeknotet und über die Schultern gehängt. Der Sand war kalt geworden. Graham lief voraus, Werner folgte uns in einiger Entfernung.

»Graham ist nett«, sagte Lotta.

»Sie arbeiten bei einer Bank«, sagte ich, »er und Werner. Aber sie sind o. k.«

»Wie alt ist er?«

»Wir sind alle gleich alt. Wir sind zusammen zur Schule gegangen.«

Lotta erzählte von Finnland. Sie war auf einem Bauernhof aufgewachsen, nördlich von Helsinki. Ihr Vater hatte Stiere gezüchtet. Lotta war schon früh von zu Hause weggegangen, erst nach Berlin, dann nach London, nach Florenz. Schließlich, vor vier oder fünf Jahren, war sie nach New York gekommen.

»Letzte Weihnachten habe ich meine Eltern besucht. Zum ersten Mal seit Jahren. Meinem Vater geht es nicht gut. Ich wollte erst dableiben, aber im Mai bin ich dann doch zurückgekommen.« Sie zögerte. »Eigentlich bin ich nur wegen Joseph gegangen.«

»Was war denn mit Joseph? Wart ihr ein Paar?«

Lotta zuckte mit den Achseln. »Das ist eine lange Geschichte. Die erzähle ich dir ein andermal.«

Kurz vor dem Dorf schauten wir uns nach Werner um. Er war weit zurückgeblieben und ging langsam, nahe am Wasser entlang. Als er sah, dass wir auf ihn warteten, winkte er und kam schneller auf uns zu.

Wir aßen in einem kleinen Fischrestaurant. Lotta sagte, sie sei Vegetarierin, aber Graham meinte, Fisch dürfe sie trotzdem essen. Wir luden sie ein, und sie aß von allem, aber trank keinen Wein.

Wenn Lotta eine Weile geschwiegen hatte, fielen Graham und ich manchmal in unsere Muttersprache. Werner sagte nichts, und Lotta schien es nicht zu stören. Sie aß langsam und konzentriert, als müsse sie sich jede Bewegung in Erinnerung rufen. Sie merkte, dass ich sie beobachtete, lächelte mir zu und aß erst weiter, als ich meinen Blick abgewandt hatte.

Nachts trug Lotta einen rosaroten Pyjama mit einem aufgestickten Teddybären. Ihr blondes Haar war kurz geschnitten. Sie musste über dreißig sein, aber sie wirkte wie ein Kind. Sie lag auf dem Rücken und hatte die Bettdecke bis zum Kinn hochgezogen. Ich hielt den Kopf aufgestützt und schaute sie an.

»Willst du immer in New York bleiben?«, fragte ich.

»Nein«, sagte Lotta, »ich mag das Klima nicht.«

»Finnland ist auch nicht besser«, sagte ich.

»Zu Hause war mir immer kalt. Ich möchte nach Trinidad. Ich habe Freunde dort.«

»Du hast viele Freunde.«

»Ja«, sagte Lotta.

»Jetzt hast du auch Freunde in der Schweiz.«

»Ich möchte einen kleinen Laden haben auf Trinidad«, sagte sie. »Kosmetik, Filme, Aspirin und so … von hier direkt importiert. Das gibt es dort nicht. Oder es ist sehr teuer.«

»Spricht man Englisch auf Trinidad?«, fragte ich.

»Ich glaube. Meine Freunde sprechen Englisch … und es ist immer warm.«

Unten fuhr ein Auto vorüber. Das Scheinwerferlicht,

das durch die Jalousien fiel, wanderte durchs Zimmer, über die Decke und erlosch plötzlich, dicht über unserem Bett.

»Du bist sehr frei«, sagte ich. Aber da war Lotta schon eingeschlafen.

Wir trafen Werner und Graham beim Frühstück.

»Habt ihr gut geschlafen?«, fragte Graham grinsend.

»Ich mag es, wenn man das Meer vom Bett aus hört«, sagte ich.

»Ich war müde«, sagte Lotta.

Werner aß schweigend.

Vor dem Mittag begann es zu regnen, und wir gingen ins Lokalmuseum. Es war in einem kleinen weißen Schuppen untergebracht. Über die Geschichte von Block Island gibt es nicht viel zu sagen. Die Insel wurde irgendwann von einem Holländer namens Block entdeckt. Später kamen Siedler vom Festland herüber. Danach geschah nicht mehr viel.

Der alte Mann, der das Museum führte, erzählte uns von den unzähligen Schiffen, die an den Klippen vor der Insel gestrandet waren. Die Leute hier hätten mehr vom Strandgut als von der Fischerei gelebt.

»Es heißt, sie hätten die Schiffe mit falschen Feuern an die Klippen gelockt«, sagte der Mann und lachte. Heute lebe die Insel vom Tourismus. Im Sommer sei jede Fähre voll von Badegästen, und viele reiche New Yorker hätten ein Sommerhaus auf der Insel. Eine Zeitlang habe es zum guten Ton gehört, ein Haus auf Block Island zu haben. Aber heute flögen die Reichen in die Karibik.

»Es ist ruhiger geworden hier«, sagte der Mann, »aber wir können uns nicht beklagen. Schiffe stranden nicht mehr, aber es wird noch allerhand angetrieben.«

Lotta fragte ihn, ob er Fischer sei.

»Ich war Immobilienmakler«, sagte er. »Sie können sich gar nicht vorstellen, was hier alles angetrieben wird.«

Er lachte, ich wusste nicht, weshalb.

Dann gingen wir wieder an den Strand. Lotta machte sich auf die Suche nach Muscheln, wir anderen setzten uns und rauchten. Graham schaufelte mit einem zerbrochenen Krebspanzer ein Loch in den feinen Sand, der schon dicht unter der Oberfläche feucht zusammenklebte.

»Und«, sagte ich, »was habe ich gesagt? Sie ist doch ganz nett.«

Werner schwieg. Graham lachte. »Wir haben nicht mit ihr im selben Bett geschlafen.«

»Wie das klingt: im selben Bett geschlafen. Sag doch, was du denkst.«

»Heute Nacht bin ich an der Reihe«, sagte Graham grinsend, »und morgen Werner. Aber der macht so was nicht.«

Ich sagte, er sei ein Idiot, und Werner sagte: »Hört auf.« Er stand auf und ging davon, zum Meer hinunter. Lotta kam zurück, die Hände voller Muscheln. Sie setzte sich neben uns in den Sand, breitete ihre Beute vor sich aus und begann, sie sorgfältig mit den Fingern abzuwischen. Graham hatte sich eine Röhrenmuschel vom Lager zwischen Lottas Beinen genommen und betrachtete sie lange.

»Seltsam, was die Natur alles hervorbringt«, sagte er und lachte. »Wie war das? Sie können sich gar nicht vorstellen, was hier alles angetrieben wird.«

Mit der Mittagsfähre waren noch einmal einige Touristen angekommen, aber sie verloren sich rasch in alle Richtungen, und schon bald war das Dorf wieder leer. Wir aßen auf der Terrasse eines Coffee Shops.

»Was nun?«, fragte ich.

»Ich bin müde«, sagte Lotta. »Ich lege mich eine Stunde hin.«

Graham machte sich auf die Suche nach einer Zeitung, und Werner sagte, er gehe ans Meer. Ich schlenderte mit Lotta zurück zum Hotel.

Die Betten in unserem Zimmer waren schon gemacht, und das Fenster stand weit offen. Lotta schloss es und ließ die Jalousien herunter. Sie legte sich hin. Ich setzte mich auf den Boden und lehnte mich an das Bett.

»Was wohl der arme kleine Romeo macht«, sagte Lotta. »Er fehlt mir schrecklich.«

»Es wird ihm schon gutgehen.«

»Willst du dich nicht hinlegen?«

»Ich bin nicht müde.«

»Ich kann immer schlafen«, sagte Lotta.

Am Nachmittag liehen wir uns Fahrräder, um die

Palatine-Gräber im Süden der Insel zu besuchen. Sechzehn Holländer, die den berühmten Schiffbruch der Palatine an der Insel überlebt hatten, sollen dort begraben sein.

»Warum sind sie denn begraben, wenn sie doch überlebt haben?«, fragte Lotta.

»Lebendig begraben«, sagte Graham.

Werner lachte.

»Das war im achtzehnten Jahrhundert«, sagte ich.

»Aber warum wurden sie zusammen begraben?«, fragte Lotta. »Nur weil sie auf demselben Schiff waren?«

»Vielleicht weil sie zusammen gerettet wurden«, sagte ich, »das verbindet.«

Wir fanden irgendwo einen verrotteten Wegweiser, aber die Gräber fanden wir nicht. Auf einer Wiese trafen wir einen Mann. Auch er wusste nicht, wo die Gräber waren. Er hatte noch nie etwas von ihnen gehört. Enttäuscht kehrten wir um.

»Ich mag sowieso keine Friedhöfe«, sagte Lotta.

Wir fuhren jetzt gegen den Wind und kamen erst, als es schon dunkel wurde, zurück zu unserem Hotel. Wir tranken ein Bier. Lotta rief ihre Nachbarin an, um sich nach der Katze zu erkundigen.

»Alles in Ordnung«, sagte sie, als sie wieder da war.

»Werner wird in einer Woche dreißig«, sagte ich zu Lotta. »Wir sollten eine Party für ihn geben.«

»Dann bist du eine Waage«, sagte sie. »Joseph ist auch eine Waage.«

Werner nickte. Er wolle keine Party, sagte er.

»Wer ist Joseph?«, fragte Graham. »Joseph und Maria?«

»Joseph und Lotta«, sagte ich.

»Ein Freund«, sagte Lotta.

»Waage«, murmelte Graham und blätterte in seiner Zeitung. Dann las er vor: »Sie müssen eine Entscheidung treffen und sollten von realistischen Überlegungen ausgehen. Das Knüpfen neuer Kontakte dürfte Ihnen nicht schwerfallen. Glückliche Stunden stehen bevor.«

»Das ist ein gutes Horoskop«, sagte Lotta.

Werner lachte. Es war ein seltsames, spöttisches Lachen. Graham und ich lachten mit, aber Lotta lächelte nur und legte eine Hand auf Werners Arm.

»Es ist in Ordnung«, sagte sie. »Komm, wir gehen spazieren.«

Sie standen auf, und wir verabredeten uns in einer Stunde in dem Fischrestaurant vom Abend vorher. Werner ging aufrecht und langsam wie ein kranker Mensch. Es sah aus, als bewege er sich nicht. Lotta hängte sich bei ihm ein. Sie schien ihn vorwärts zu ziehen hinunter zum Strand.

»Und«, fragte Graham, nachdem wir lange geschwiegen hatten, »wie ist sie?«

»Was meinst du?«

»Spiel nicht den Unschuldigen. Wozu hast du sie denn sonst mitgenommen?«

»Sie ist eine seltsame Frau«, sagte ich. »Findest du nicht?«

Graham grinste. »Eine Frau ist eine Frau.«

»Nein«, sagte ich, »ich mag sie. Ich bin gern mit ihr zusammen.«

»Was meinst du, wer von uns dreien gefällt ihr am besten?«, fragte Graham.

»Ich glaube, du bist der einzige hier, der so versessen darauf ist, ihr zu gefallen.«

»Ach was. Mir gefällt ihre müde Art. Die sind gut im Bett. Ich kenne den Typ.«

»Mein lieber Freund, denk an deine Frau.«

»Ich bin in den Ferien. Meinst du, ich bin hierhergekommen, um Muscheln zu suchen?«

»Und was sagt Werner?«, fragte ich.

»Nichts. Er sagt überhaupt nichts. Ich habe ihn noch nie so schweigsam erlebt. Stumm wie ein Fisch.«

Wir hatten unser Bier ausgetrunken. Graham sagte, er müsse telefonieren, und ich setzte mich in einen Sessel im Foyer der Pension und blätterte im *Fishermen's Quarterly.*

Lotta kam nicht zum Abendessen. Sie sei müde, sagte Werner, als er allein an unseren Tisch trat. Während des Essens war er noch immer schweigsam, aber der Ernst der vergangenen Tage war verschwunden, und manchmal ließ er sein Besteck sinken und lächelte still vor sich hin.

»Haben wir uns verliebt?«, fragte Graham spöttisch.

»Nein«, sagte Werner kurz, aber nicht unfreundlich. Dann aß er ruhig weiter. Beim Kaffee meinte er, er wolle morgen die Kreideklippen im Süden der Insel sehen.

»Die müssen in der Nähe der Palatine-Gräber sein«, sagte ich. »Noch mal den ganzen Weg da raus ...«

Auch Graham hatte keine Lust, ein zweites Mal über die Insel zu fahren.

»Nur wegen ein paar Kreidefelsen. In Europa hast du überall Kreidefelsen. In England, in der Bretagne, in Irland, überall.«

Aber Werner ließ sich nicht beirren und meinte nur: »Ihr müsst ja nicht mitkommen.«

Um Mitternacht ging Werner zu Bett. Graham und ich blieben noch lange sitzen. Wir hatten ziemlich viel getrunken. Graham erzählte, seine Frau sei ausgezogen. Sie wohne jetzt bei ihrem Englischlehrer.

»Sie hat keine Arbeitsbewilligung bekommen«, sagte er. »Nachher wollte sie ein Kind, aber das hat nicht geklappt. Sie hat sich gelangweilt.«

Graham tat mir leid. Da merkte ich plötzlich, wie wenig ich ihn mochte. Ich sagte, ich sei müde und wolle ins Bett. Er bestellte noch zwei Bier, aber ich stand auf und ging.

Lotta schien tief zu schlafen, als ich ins Zimmer trat. Sie atmete laut und unregelmäßig. Ich zog mich aus, öffnete das Fenster einen Spaltbreit und legte mich neben sie. Ich horchte auf ihren Atem und auf das Rauschen des Meeres, doch schlief ich bald ein und erwachte erst, als jemand heftig an die Tür klopfte. Sofort sah ich, dass Lotta nicht da war, aber ich dachte mir nichts dabei. Es war schon später Vormittag. Draußen stand Graham.

»Werner ist weg«, sagte er.

»Lotta auch«, sagte ich. »Vielleicht sind sie beim Frühstück.«

»Nein«, sagte Graham, »ich war schon unten.«

Wir frühstückten in der Pension.

»Vielleicht sind sie ans Meer gegangen«, sagte ich, »oder zu den Klippen.«

»Die Fahrräder haben sie jedenfalls nicht genommen«, sagte Graham, »und zu Fuß sind es mindestens zwei Stunden zu den Klippen.«

Wir waren beide verärgert. Als Werner und Lotta gegen Mittag noch immer nicht da waren, nahmen wir die Räder und fuhren in Richtung Süden. Aber es gab zwei Straßen, und wenn Lotta und Werner zu Fuß unterwegs waren, kamen sie überall durch. Zwei Stunden später waren wir wieder in der Pension.

»Die können etwas erleben, wenn sie zurückkommen«, sagte Graham.

Die Frau am Empfang winkte uns zu sich. Sie sagte, wir müssten unsere Zimmer räumen. Unsere Freunde seien abgereist, während wir weg gewesen seien. Sie hätten eine Nachricht hinterlassen. Sie reichte mir ein Blatt Papier, auf das Lotta geschrieben hatte, wir sollten uns keine Sorgen machen und allein nach Hause fahren. Sie und Werner nähmen einen anderen Weg.

»Dass deine Finnin nicht wählerisch ist, wundert mich nicht«, sagte Graham, »aber dass sie mit Werner geht …«

»Ich kann mir nicht vorstellen, weshalb sie gegangen sind«, sagte ich. »Wir hatten doch schöne Tage zusammen.«

»Werner hat gewonnen«, sagte Graham. »So einfach ist das.«

Er grinste, aber er konnte seine Wut nicht verbergen.

»Sie ist ein freier Mensch«, sagte ich. »Sie kann gehen, mit wem sie will.«

Die Zeit reichte gerade noch, um zu packen, bevor die nächste Fähre zum Festland ging.

Die Überfahrt war kalt und windig. Als wir zum Auto kamen, war schon der ganze Himmel bewölkt, und kurz nachdem wir losgefahren waren, begann es zu regnen. Wir sprachen nicht viel. Graham war wütend und fuhr viel zu schnell. Er gehe bald zurück in die Schweiz, sagte er, er habe endgültig genug von Amerika. Seine Frau werde dann wohl oder übel auch mitkommen müssen. Sie lebe immer noch von seinem Geld.

In der Nähe von Bridgeport hielten wir an einer Tankstelle, und ich versuchte, Werner und dann Lotta anzurufen. Aber Werner war nicht da, und Lottas Maschine spielte nur ihre Musik, als sei nichts geschehen. Nach dem Pfeifton rief ich: »Lotta, bist du da? Lotta!«

Ich stellte mir vor, wie meine Stimme durch die leere Wohnung hallte, und kam mir lächerlich vor. Ich hängte ein.

Wir fuhren durch die Bronx direkt nach Queens, wo Graham wohnte. Ich ging mit ihm hinauf. Die Wohnung war unaufgeräumt, in der Küche stand schmutziges Geschirr. Während Graham den Anrufbeantworter abhörte, kochte ich Kaffee. Auf dem Band war eine aufgeregte Stimme zu hören, aber ich verstand nichts bei dem Sirren des kochenden Wassers. Als ich ins Wohnzimmer kam, saß Graham zusammengesunken auf dem Sofa und hielt den Telefonhörer ans Ohr gepresst. Ich goss Kaffee ein. Graham sagte ein paarmal ja, dann bedankte er sich und legte auf.

»Werner hat sich umgebracht«, sagte er. »Er hat einen Abschiedsbrief geschrieben, bevor wir am Freitag losgefahren sind. Das war seine Vermieterin. Sie hat einen Schlüssel zur Wohnung und hat gestern da herumgeschnüffelt. Als es regnete, hat sie gesagt, wollte sie nachsehen, ob alle Fenster geschlossen seien.«

Er erzählte mir die ganze, völlig nebensächliche Geschichte, als fürchte er sich vor der Stille.

»Der Brief lag auf dem Esstisch. Die Frau spricht etwas Deutsch, sie stammt aus Ungarn und hat das Wichtigste verstanden. Aber sie wusste nicht, wo wir waren. Meine Nummer hat sie neben dem Telefon gefunden. Sie hat noch ein paar andere Leute angerufen.«

»Aber Lotta«, sagte ich, »sie hat sich doch bestimmt nicht … Sie hat doch geschrieben, wir sollten uns keine Sorgen machen. Sie nähmen einen anderen Weg …«

Graham zuckte mit den Achseln.

»Meinst du, er wollte sich … er hat sich von den Klippen gestürzt?«, fragte ich. »Das traue ich ihm nicht zu. Er ist kein Romantiker.«

»Eine Pistole hat er bestimmt nicht«, sagte Graham.

»Was sollen wir machen?«, fragte ich.

»Ich weiß es nicht«, sagte er. »Für eine Vermisstenmeldung ist es zu früh.«

Er wollte mich in die Stadt bringen, aber ich sagte, er solle beim Telefon bleiben. Ich hatte keine Lust zu reden, ich wollte allein sein. Auf dem Tisch standen unberührt die beiden Tassen mit Kaffee.

Die Subway-Station war fast leer. Ich musste eine Viertelstunde warten, bis endlich ein Zug kam. Als wir uns Manhattan näherten, füllte sich der Wagen langsam. Ich stieg eine Station früher aus als sonst und ging das letzte Stück zu Fuß. Es regnete nicht mehr, aber die Straßen waren noch immer nass. Im Supermarkt in meinem Viertel kaufte ich Bier und ein Sandwich.

Als ich die Wohnungstür öffnete, hörte ich Lottas Stimme. Der Anrufbeantworter lief und nahm sie auf. Ich wollte den Hörer abheben, um mit ihr zu sprechen, aber dann ließ ich es bleiben und hörte nur zu.

»Die Möbel gehören Joseph. Und Romeo ... Robert, schau bitte nach Romeo. Er ist noch so klein. Versprich mir, dass ihm nichts geschieht. Du kannst auch in der Wohnung bleiben. Das musst du mit Joseph ausmachen. Sag ihm, dass du die Agentur bezahlt hast.«

Es war einen Moment still.

»Ich glaube, das ist alles. Macht's gut, und seid uns nicht böse. Bye Graham, bye Robert.«

Sie flüsterte: »Möchtest du noch etwas sagen?«

Ich hörte, wie Werner kurz und deutlich nein sagte.

Dann knackte es, und die Verbindung war unterbrochen. Ich stellte mir vor, wie Lotta sich zu Werner umwandte, irgendwo an einer Bushaltestelle oder in einem Restaurant, wie er sie anlächelte und wie sie gemeinsam weggingen und verschwanden. Ich dachte, dass ich die letzte Gelegenheit verpasst hatte, sie zu sprechen, mich wenigstens von ihnen zu verabschieden.

Ich spulte das Band ganz zurück und hörte es ab.

»Sie haben zwei Nachrichten«, sagte eine künstliche Stimme. Dann kam meine Stimme: »Lotta, bist du da? Lotta!« Ich klang nervös und ärgerlich, ängstlich. Es knackte zweimal, dann sprach Lotta: »Hallo? Ist jemand da? Hallo, Robert, hallo!« Sie seufzte, dann sagte sie: »Na gut, dann seid ihr also noch unterwegs. Auch gut. Ich rufe von einem Restaurant aus an. Wir sind in … wo sind wir?« Ich hörte sie flüstern.

»Wir sind in der Nähe von Philadelphia. Ich bin mit Werner zusammen. Wir gehen weg. Werner wollte … er hat einen Brief in der Wohnung zurückgelassen. Aber was er schreibt, gilt nicht mehr. Wir gehen weg. Er hat alles geregelt. Ihr werdet es verstehen, wenn ihr den Brief findet. Bei mir gibt es nicht viel zu erledigen. Robert? Wenn du das hörst, ruf doch bitte Joseph an. Er weiß über alles Bescheid. Seine Nummer findest du im Verzeichnis neben dem Telefon. Ich war noch schnell in der Wohnung, um ein paar Sachen zu holen. Den Rest brauche ich nicht mehr. Die Möbel gehören Joseph …«

Ich stellte das Band ab und rief Graham an. Wir sprachen nur kurz. Als ich mir ein Bier holte, kam Romeo in die Küche. Im Kühlschrank fand ich Milch. »*Do you know where your children are?*« stand auf der Verpackung, darunter waren das Bild und der kurze Steckbrief eines vermissten Kindes gedruckt.

Die Milch war sauer, und ich goss sie weg. In einem der Schränke fand ich eine Büchse Katzenfutter. Ich schaltete den Fernseher ein, legte mich aufs Sofa und trank mein Bier.

Einige Tage später rief ich Joseph an und bat ihn um ein Treffen. Ich sagte, ich sei ein Freund von Lotta. Er räusperte sich und sagte, ich könne ihn in seinem Restaurant an der Ecke Vandam und Hudson Street treffen.

Am nächsten Vormittag ging ich hin. Das Lokal war dunkel und leer. Nur an einem der hinteren Tische saß ein kleiner, untersetzter Mann und las Zeitung. Er hatte eine Stirnglatze und war vielleicht fünfzig Jahre alt. Er erhob sich, als ich an seinen Tisch trat, und reichte mir die Hand.

»Sie müssen Robert sein. Freut mich. Ich bin Joseph. Was bringen Sie mir von Lotta?«

Er bat mich, Platz zu nehmen, und ging hinter die Theke, um mir einen Kaffee zu holen.

»Ich bin Lottas Untermieter«, sagte ich.

»Also ist sie zurück aus Finnland. Ich habe es eigentlich vermutet.«

»Sie ist verschwunden«, sagte ich.

Er lachte. »Milch und Zucker? Das ist nicht ungewöhnlich bei ihr.«

»Schwarz«, sagte ich. »Sie ist mit einem Freund von mir auf und davon. Niemand weiß wohin.«

Joseph setzte sich mir gegenüber. »Das Haus gehört mir«, sagte er. »Lotta hat keine Miete bezahlt. Schauen Sie mich nicht so an. Ich bin nicht verheiratet.«

»Es war nichts zwischen uns«, sagte ich. »Wir haben nur zusammen gewohnt.«

»Das wundert mich nicht«, sagte Joseph. »Lotta ist eine von diesen vagabundierenden Schmarotzerinnen. In New York wimmelt es von der Sorte. Sie nehmen, was sie kriegen können, aber sie geben nie etwas zurück.«

»Ich wollte immer leben wie sie«, sagte ich. »Ich mag sie. Sie ist nett.«

»Natürlich. Was glauben Sie, warum habe ich sie gratis wohnen lassen?«

Ich lächelte, und er lächelte auch.

»Wie lange wollten Sie in der Wohnung bleiben?«

»Noch drei Wochen. Ich habe die Miete bezahlt. Ich habe eine Quittung …«

»Keine Angst. Bleiben Sie, solange Sie wollen.«

»Was ist mit Lottas Sachen?«, fragte ich. »Sie hat gesagt, sie braucht sie nicht mehr.«

»Lassen Sie nur alles, wie es ist«, sagte er. »Irgendwann kommt sie ja doch zurück.«

In den Außenbezirken

Heiligabend hatte ich bei Freunden verbracht. Schon am Nachmittag hatten sie eine Flasche Champagner geöffnet, und ich war früh nach Hause gegangen, weil ich betrunken war und mein Kopf schmerzte. Ich wohnte in einem kleinen Studio im Westen von Queens. Am Morgen weckte mich das Klingeln des Telefons. Meine Eltern riefen aus der Schweiz an, wünschten mir frohe Weihnachten. Das Gespräch dauerte nicht lange, wir wussten nicht, was wir noch sagen sollten. Draußen regnete es. Ich machte mir Kaffee und las.

Am Nachmittag ging ich spazieren. Zum ersten Mal seitdem ich hier wohnte, ging ich stadtauswärts, in die Außenbezirke. Ich kam auf den Queens Boulevard und folgte ihm in Richtung Osten. Die Straße zog sich breit und gerade durch immer gleiche Viertel. Manchmal folgte Geschäft auf Geschäft, und ich hatte den Eindruck, in einer Art Zentrum zu sein, dann kam ich in Wohngegenden mit Mietshäusern oder kleinen, schäbigen Reihenhäusern. Ich ging über eine Brücke, unter der ein altes, überwuchertes Gleis lag. Ein umzäuntes Grundstück voller Schutt und Abfälle folgte, eine riesige Kreuzung ohne Ampeln und ohne Verkehr. Dann kam ich wieder zu einigen Geschäften und einer Querstraße, über die, wie ein Dach, eine Subway-Linie gebaut war. Die Weihnachtsdekorationen in den Schaufenstern und das von Wind und Regen zerzauste Lametta, das in den Straßen hing, wirkten schon jetzt wie Überbleibsel aus einer längst vergangenen Zeit.

Der Regen hatte nachgelassen, und ich blieb an der Straßenecke stehen, um mir eine Zigarette anzuzünden. Ich wusste nicht, ob ich weitergehen sollte. Da sprach mich eine junge Frau an und bat mich um Feuer. Sie sagte, es sei ihr Geburtstag. Wenn ich zwanzig Dollar hätte, könnten wir ein paar Sachen kaufen und ein kleines Fest machen.

»Es tut mir leid«, sagte ich. »Ich habe nicht so viel bei mir.«

Sie sagte, das sei egal, ich solle hier auf sie warten. Sie gehe einkaufen und komme dann zurück.

»Seltsam, dass du Weihnachten Geburtstag hast.«

»Ja«, sagte sie, als habe sie daran nicht gedacht, »das ist wahr.«

Sie ging die Straße hinunter, und ich wusste, dass sie nicht zurückkommen würde. Ich wusste, dass heute nicht ihr Geburtstag war, aber ich wäre trotzdem mit ihr gegangen, wenn ich genug Geld dabeigehabt hätte. Ich rauchte die Zigarette zu Ende und zündete mir eine zweite an. Dann machte ich mich auf den Weg zurück.

Auf der gegenüberliegenden Seite der Straße sah ich ein Pub. Ich ging hinein und bestellte ein Bier.

»Bist du Franzose?«, fragte der Mann neben mir. »Ich heiße Dylan.« Wie der große Dylan Thomas, sagte er, *light breaks where no sun shines ...*

»Hast du«, fragte Dylan, »in deinem ganzen Leben jemals ein Liebesgedicht von einer Frau an einen Mann gelesen?«

»Nein«, sagte ich. »Ich lese keine Gedichte.«

»Ich sage dir, das ist ein Fehler. Da findest du alles, in den Gedichten. Da steht alles drin.«

Er stand auf und stieg die kleine Treppe hinunter zur Toilette. Als er zurückkam, stellte er sich neben mich, legte einen Arm um meine Schultern und sagte: »Kein einziges! Die Frauen lieben die Männer nicht, glaub mir.«

Der Barmann machte mir ein Zeichen, das ich nicht verstand. Dylan zog ein abgegriffenes Buch aus der Tasche und hob es über unsere Köpfe.

»*Immortal Poems of the English Language*«, sagte er. »Das ist meine Bibel.«

Überall im Buch steckten kleine, schmutzige Zettel. Dylan schlug eine der Stellen auf.

»Hör, wie die Frauen die Männer lieben«, sagte er und las: »Mrs. Elizabeth Barrett Browning: *How do I love thee? Let me count the ways ...* Kein einziges Wort über ihn.

Mrs. Browning erzählt nur, wie sehr sie ihn liebt, wie grandios ihre Liebe ist. Ein anderes ...«

Ein alter Mann neben mir flüsterte: »Das tut er dauernd.« Dann machte er dasselbe Zeichen wie vorher der Wirt. Ich begann zu verstehen, aber ich war schon etwas betrunken und wollte noch nicht gehen. Ich lächelte nur und wandte mich wieder Dylan zu, der eine andere Stelle aufgeschlagen hatte.

»Miss Brontë«, sagte er, »auch sie! *Cold in the earth, and the deep snow piled above thee! Far, far removed ...* So fängt es an, und dann beschreibt sie ihren Schmerz. Der Mann spielt überhaupt keine Rolle. Oder hier ... Mrs. Rossetti: *My heart is like a singing bird ... My heart is like an apple-tree ...* Das geht so weiter bis zur letzten Zeile, wo es heißt: *Because my love is come to me.* Nennst du das Liebe? Schreibt so ein Mensch, der verliebt ist? Ja, einer, der in sich selbst verliebt ist.«

Er steckte das Buch weg und legte mir wieder seinen kurzen Arm um die Schultern.

»Die Liebe der Frauen, mein Freund ... es gibt sie nicht. Sie lieben uns wie Kinder, wie ein Schöpfer seine Schöpfung liebt. Aber so wenig wie wir den Frieden mit Gott finden, finden wir den Frieden mit den Frauen.«

»Dann ist Gott eine Frau?«, fragte ich.

»Natürlich«, sagte Dylan, »und Jesus ist ihre Tochter.«

»Und du bist seine Schwester«, sagte der Barmann.

»Ich mag keine Frauen mit Bart«, murmelte der alte Mann neben mir.

Wir schwiegen.

»Die Schwulen gehen alle in die Hölle«, sagte der Alte.

»Auf diesem Niveau diskutiere ich nicht«, sagte Dylan böse und rückte näher zu mir, als suche er Schutz. »Wir zwei, wir sprechen von Poesie. Dieser junge Mann hat nicht solche Vorurteile wie ihr Schwachköpfe.«

»Die nächste Runde geht aufs Haus«, sagte der Barmann und schob eine Kassette mit Weihnachtsmusik in die Stereoanlage hinter sich.

»*God rest ye merry, gentlemen*«, sang Harry Belafonte.

»*Eoh*«, grölte ein junger Mann von einem der Tische, »*he misadeh misadeeeho …*«

Der Barmann stellte das Bier vor uns auf die Theke. Ich war inzwischen ziemlich betrunken. Ich hob mein Glas: »Es lebe die Poesie!«

»Na, sag nachher nicht, ich hätte dich nicht gewarnt«, sagte der Alte.

»Lies die Gedichte, die Männer für Frauen geschrieben haben«, sagte Dylan und zitierte auswendig. »*She is as in a field a silken tent, at midday when a sunny summer breeze has dried the dew …*«

Bewegt schwieg er, blickte auf den schmutzigen Boden und schüttelte nachdenklich den Kopf.

»Frauen sagen, ich bin romantisch, wie wenn sie sagen würden, ich bin Amerikanerin«, fuhr er fort. »Sie lieben es, wenn du sagst, du bist so schön, deine Augen leuchten wie die Sonne, deine Lippen sind rot wie Korallen, deine Brüste weiß wie Schnee. Sie glauben, sie sind romantisch, weil sie es lieben, wenn die Männer sie anbeten.«

Ich wollte widersprechen, aber er sagte: »Ich möchte dir nur die Augen öffnen. Lass dich nicht von den Frauen reinlegen. Sie ködern dich mit all ihrem überflüssigen Fleisch. Und wenn du angebissen hast, schlagen sie dir den Schädel ein und fressen dich auf.«

Ich lachte.

»Du erinnerst mich an jemanden«, sagte Dylan.

»Einen Freund?«, fragte ich.

»Einen sehr guten Freund. Er ist gestorben.«

Ich ging zur Toilette.

»Ich habe kein Geld mehr für den Bus«, sagte ich.

»Ich bringe dich nach Hause«, sagte Dylan.

Ich hatte gedacht, es müsse schon dunkel sein, aber als wir aus der Bar traten, war es heller Nachmittag. Es hatte aufgehört zu regnen. Der Himmel war noch immer bewölkt. Aber die niedrigstehende Sonne schien unter den Wolken hindurch. Die Häuser, die Bäume und die Autos glänzten vor Nässe und warfen lange, dunkle Schatten. Dylan hatte seinen Wagen auf dem Queens Boulevard geparkt. Er bog in eine Seitenstraße ein.

»Ich muss nicht da runter«, sagte ich. »Das ist der falsche Weg.«

Dylan lachte. »Hast du Angst vor mir?«, fragte er.

Ich schwieg.

»Ich wende nur den Wagen«, sagte er. »Hast du vor den Frauen auch solche Angst?«

»Ich weiß nicht … Ich denke nicht.«

Schweigend fuhren wir in Richtung Manhattan. Ich war viel weniger weit gegangen, als ich geglaubt hatte. »Hier«, sagte ich. »Ich gehe das letzte Stück zu Fuß.«

Ich stieg aus und ging um das Auto herum. Dylan hatte die Scheibe heruntergekurbelt und reichte mir die Hand.

»Danke, dass Sie mich nach Hause gebracht haben«, sagte ich, »und danke für das Bier.«

Dylan ließ meine Hand nicht los, bis ich ihm in die Augen blickte. Dann sagte er: »Danke für einen schönen Nachmittag.«

Als ich über die Straße ging, rief er mir nach: »Frohe Weihnachten.«

Jedermannsrecht

And we lie here, our Orient peace awaking
No echo, find no shadow, find no reflection.
Henry Reed

Zwischen den Bäumen hindurch sah ich Monikas gelbe Regenjacke. Ich hatte Wasser für den Kaffee aufgesetzt, als sie mich rief. Der Wald war dicht hier und der Boden mit Fallholz bedeckt, das unter meinen Schritten brach. Ich kam nur mühsam voran, und schon nach wenigen Metern waren meine Hose und meine Hände von Moos und Algen verschmiert, die alles mit einer feuchten Schicht überzogen.

»Still«, sagte Monika leise, als ich näher kam. Dann sah ich, dass Michael zusammengerollt am Boden lag. »Was hat er?«, fragte ich, als ich ihn heftig atmen hörte.

»Als er mich sah, ist er weggerannt und dann hingefallen«, sagte Monika. Sie kniete nieder und schüttelte Michael sanft. »Was ist passiert? Wo ist Sandra?«

»Ich habe meinen Schuh verloren«, sagte er keuchend. »Ich kann ihn nicht finden.«

»Wo ist Sandra?«, fragte Monika.

»Hilfe holen.«

Eigentlich war ich nur durch einen Zufall nach Schweden gekommen. Monika hatte sich vor kurzem von ihrem Freund getrennt, und da sie die Kanutour bereits gebucht hatte, fragte sie mich, ob ich nicht mit ihr fahren wolle. In der Mittelschule war ich in Monika verliebt gewesen, aber sie hatte mir in einer traurigen Nacht gesagt, sie liebe mich nicht. Wir waren Freunde geblieben, und ich hatte mir noch eine Zeitlang Hoffnungen gemacht, bis sie eines Tages sagte, sie habe nun einen Geliebten. Das alles war schon Jahre her.

Wir hatten Sandra und Michael im Zug kennengelernt. Sie trugen beide lila Faserpelzjacken und Hosen mit vielen Taschen. Sandra erzählte, sie sei schon viermal in Schweden gewesen, sie habe im Reisesektor gearbeitet, sie liebe den Norden und einmal sei ihr Auto in Göteborg ausgeraubt worden. Sie sprach die schwedischen Ortsnamen aus, als beherrsche sie die Sprache. Als Monika sie danach fragte, sagte sie, nein, leider nicht, sie spreche nur Deutsch, Französisch, Italienisch und natürlich Englisch. Sie sagte, sie heiße Sandra, ihr Mann Michael.

»Mein Mann heißt Michael«, sagte sie. »Wir sind auf der Hochzeitsreise.«

Michael schwieg. Er schien nicht einmal zuzuhören und schaute still in den immer gleichen Wald hinaus. Nur einmal, als nahe am Bahngleis ein Fischreiher aufflog und mit wenigen Flügelschlägen über den Bäumen verschwand, sagte er: »Sieh mal, Sandra.«

»Das sind unsere letzten Ferien für einige Zeit«, sagte Sandra. »In einem halben Jahr kriegen wir ein Baby. Nicht wahr, Michael?«

Michael schaute wieder aus dem Fenster, und Sandra wiederholte: »Nicht wahr, Michael?«

»Ja«, sagte er endlich.

»Ihr scheint ja ganz begeistert zu sein«, sagte Monika mit übertrieben freundlichem Lächeln.

»Es ist wie ein Wunder«, sagte Sandra, »das Leben in sich wachsen zu fühlen.«

»Das wahre Wunder wirst du erleben, wenn das Leben aus dir herausgewachsen ist«, meinte Monika trocken.

»Wollt ihr keine Kinder?«, fragte Sandra, an mich gewandt.

»Es würde nicht zu unserer Wohnungseinrichtung passen«, sagte Monika schnell.

Der Zeltplatz lag am Rande einer Kleinstadt, zwischen einer Autofabrik und dem großen See. Als wir im Laden Vorräte einkauften, trafen wir Sandra und Michael wieder. Sandra sagte, wir müssten unbedingt Mückenschutzmittel kaufen, schwedische Mücken ließen sich nur mit schwedischem Mückenschutzmittel vertreiben.

»*Have you vino*«, fragte eine Österreicherin vor uns an der Kasse. Die Verkäuferin schüttelte den Kopf, und Sandra erklärte der Touristin das schwedische Alkoholgesetz.

»Ich hasse dieses Weib«, flüsterte Monika mir ins Ohr. Als wir am Abend in die Pizzeria neben dem Zeltplatz gingen, sahen wir Sandra und Michael vor ihrem Zelt kauern und kochen.

»Wir machen echte Abenteuerferien«, rief Sandra. »Das Essen in der Pizzeria ist sowieso nichts. Nur teuer.«

Michael sagte nichts. Die Pizzas waren wirklich nicht gut und viel zu teuer. Aber Monika äffte Sandra während des ganzen Essens nach, und wir verbrachten einen lustigen Abend.

»Mit dir kann ich viel besser lachen als mit Stefan«, sagte sie.

»Habt ihr euch deswegen getrennt?«

»Nein«, sagte Monika. »Er wollte ein Kind.«

»Und du?«

»Er wollte es nur aus Angst. Weil alle seine Freunde Kinder haben. Und er wohl Angst hatte, es werde immer alles so weitergehen. Und dass er allein alt werden würde. All das. So hat er das gesagt.«

»Und du?«, fragte ich noch einmal.

»Am Ende ist man sowieso allein«, sagte Monika.

»Möchtest du kein Kind?«

»Nein. Ich möchte es aushalten, allein zu sein. Meinetwegen allein alt zu werden.«

Monika sagte, am liebsten hätte sie die Kanutour allein gemacht. Aber dann habe sie gelesen, man müsse das Boot an einigen Stellen über Land transportieren. Und das habe sie sich nicht zugetraut. Deshalb habe sie mich gefragt.

»Dann bin ich nur der Träger hier?«

»Nein. Du weißt, was du mir bedeutest. Du bist mein ältester Freund. Das ist mehr als der beste Geliebte.«

Als wir spät wieder am Zelt von Michael und Sandra vorbeikamen, waren sie nicht mehr zu sehen. Aber aus dem Innern hörten wir Sandra stöhnen: »Gib's mir! Ja! Gut so!«

Monika hustete laut und rief mit verstellter Stimme etwas, das sie für Schwedisch hielt. Sofort war es still.

»Ich gehe duschen«, sagte Monika, als wir bei unserem Zelt waren. »Letzte Dusche vor der Autobahn.«

Als sie zurückkam, lag ich schon im Schlafsack.

»Umdrehen«, befahl sie. Sie zog sich aus, und der frische Duft von Seife verbreitete sich. Wir lagen schweigend nebeneinander. Dann fragte Monika: »Schreist du auch in der Gegend rum, wenn du mit einer Frau schläfst?«

»Nein«, sagte ich.

»Sehr gut«, sagte Monika. »Gute Nacht.«

Als wir am nächsten Morgen zur Bootsvermietung kamen, waren Michael und Sandra schon da. Sandra redete über das Jedermannsrecht. Jeder dürfe hier im Wald und auf den Flüssen sein, dürfe Pilze sammeln und Holz für den eigenen Gebrauch. Sie sagte, man könne leben im Wald. Wie die Tiere, ganz frei und ohne Geld. Sich von Wurzeln ernähren und Beeren, von dem, was der Wald hergebe. Von den Früchten der Natur, sagte sie.

»Hunger, Kälte und Krankheit«, sagte Monika, »das sind die Früchte der Natur.«

Michael stand stumm daneben. Dann kam ein Angestellter der Bootsvermietung, und wir verluden die Kanus auf einen alten Bus und fuhren an den Ausgangspunkt unserer Tour. Der Weg führte immer tiefer in den Wald. Unser Chauffeur fuhr schnell, und manchmal riss er den Wagen plötzlich herum, um einem Loch in der Schotterstraße auszuweichen. Dann lachte er. Sandra war jetzt sehr still, nur einmal meinte sie: »Mir wird nicht schlecht. Das ist eine Frage des Willens.«

Sandra und Michael hatten ihr Boot in Minuten startklar gemacht. Sie paddelten los, während der Chauffeur uns noch die Benutzung des Spirituskochers erklärte und uns den wichtigsten Schifferknoten beibrachte. Wir müssten immer die Schwimmwesten tragen und das Gepäck festbinden, sagte er, falls das Boot einmal kentern sollte. Dann, noch bevor auch unser Kanu im Wasser lag, hatte er den Wagen gewendet und war im Wald verschwunden.

Schon nach wenigen Stunden war ich erschöpft von den ungewohnten Bewegungen, von der Hitze der Mittagssonne und noch immer von der langen Reise vom Vortag. Aber ich sagte nichts und paddelte schweigend weiter. Irgendwann vergaß ich den Schmerz in den Armen, meine Paddelschläge wurden regelmäßiger, ruhiger, und wir kamen besser voran. Ich hatte das Gefühl, mein Körper habe sich vom Kopf getrennt und tue seine Arbeit automatisch.

Dann war es plötzlich spät, und wir waren überrascht, dass die Sonne noch immer hoch stand. Um elf Uhr nachts könne man hier draußen noch Zeitung lesen, hatte Sandra im Zug gesagt, aber als wir endlich einen Lagerplatz gefunden hatten, stellten wir nur das Zelt auf und kochten unser Abendessen.

»Am liebsten würde ich nie anhalten«, sagte Monika, »immer weiterfahren auf dem Fluss, Tag und Nacht.«

»Es wäre schöner, wenn wir nicht wüssten, wohin wir fahren«, sagte ich.

»Man weiß nie, wohin man fährt«, sagte Monika.

Die folgenden Tage glichen einander. Wir standen spät auf, kochten Kaffee, fuhren los. Manchmal badeten wir im Fluss oder lagen während der warmen Mittagsstunden im Gras. An einem sonnigen Nachmittag legten wir an einer winzigen Insel an, mitten in einem See. Wir aßen etwas. Später wollte ich lesen, aber schon bald war ich schläfrig. Ich drehte mich auf den Rücken und schloss die Augen. Die Sonne schien hell, und ich sah bunte Spiralen, orange und hellgrüne Muster, die sich im Kreis drehten. Ich schlief ein.

Als ich die Augen wieder öffnete, wirkte der Himmel über mir fast schwarz. Mein Mund war trocken und mein Körper warm und schwer. Er schien erst langsam wieder zu sich zu kommen. Mühsam drehte ich mich zur Seite. Monika war nicht da, und ich stand auf und ging über die kleine Wiese zu der Stelle, wo wir das Boot festgemacht hatten. Im Gras lagen Monikas Kleider. Ich schaute auf den See hinaus und sah sie in einiger Entfernung.

»Komm auch«, rief sie und schwamm zu mir heran, »es ist herrlich.«

»Das klingt wie in einem Film«, sagte ich. »Es ist herrlich. Das sagen nur die Leute in den Filmen.«

»Es ist wirklich herrlich.«

»Sag, du kannst es gar nicht beschreiben.«

»Ja«, sagte sie, »ich kann es gar nicht beschreiben. Ist das blöd? Aber es ist so.«

Sie stieg aus dem Wasser. Ich hatte sie noch nie so nackt gesehen. Ihr Haar lag nass am Kopf an, und aus ihrem Badeanzug tropfte das Wasser.

»Weißt du, dass ich einmal unsterblich in dich verliebt war?«, fragte ich. »Du hast mir das Herz gebrochen. Ich habe damals geglaubt, dass du die Frau meines Lebens seist.«

»Wann?«, fragte Monika und schüttelte das Wasser aus ihrem Haar.

»Als du zu mir gesagt hast, du liebst mich nicht.«

»Habe ich das gesagt?« Plötzlich fing sie an zu lachen.

»Dein Gesicht solltest du sehen. Ich erinnere mich schon. Das war nach der Klassenreise. Ich war in Leo verliebt, aber er nicht in mich.«

»Wann hast du eigentlich zum ersten Mal mit einem Mann geschlafen?«, fragte ich. Ich hatte mich ins Gras gesetzt und schaute sie an. Monika drehte mir den Rücken zu und streifte ihren Badeanzug ab. Dann rieb sie sich mit dem Frotteetuch trocken und zog sich an.

»Mit siebzehn«, sagte sie und drehte sich zu mir um,

»mit einem Freund meines Bruders. Er war viel älter. Zehn Jahre oder so. Ihr wart alle so kindisch damals mit eurer unsterblichen Liebe und euren Gesprächen über Gott und den Sinn des Lebens. Ich wollte einfach nur wissen, wie es ist.«

»Ich wollte ja auch nichts anderes.«

»Unsinn«, sagte Monika, »du warst verliebt.«

Wir fuhren jetzt fast nur noch durch bewaldetes Gebiet, aber wir fingen an, genauer hinzuschauen, und sahen, dass die Landschaft immer anders war und die Farben und das Wasser. Das Wasser war schwarz oder blau oder dunkelgrün, und manchmal glitt unser Kanu durch Seerosenfelder oder durch niedriges Schilf. Wenn Wind aufkam, fuhren wir nahe am Ufer. An den Abenden dann zählten wir die Tage und maßen die zurückgelegte Strecke auf der Karte nach. Das Gefühl für Zeit verloren wir bald.

Seit Tagen hatten wir keinen Menschen getroffen, als wir am Ufer ein Kanu bemerkten. Dann sahen wir Sandra und Michael, die nackt im Gras lagen. Ich hoffte, dass sie uns nicht sehen würden, aber sie schienen uns gehört zu haben und schauten herüber. Sie winkten nicht, und wir taten, als hätten wir sie nicht bemerkt.

»Wie Tiere liegen sie da«, sagte Monika. »Ich habe immer das Gefühl, dass sie uns etwas beweisen will.«

»Weil sie ein Kind kriegt?«

»Ach was«, sagte Monika. »Ist dir nie aufgefallen, dass man es oft schon den Kindern ansieht, dass sie dieselben

Idioten sein werden wie ihre Eltern? Schon den ganz kleinen Kindern.«

Ich dachte, mir würde es nichts ausmachen, mit Monika nackt im Gras zu liegen, und sagte es.

»Wie die Tiere«, sagte Monika. »Ich kann das nicht. Ich hätte Angst.«

»Hier ist niemand.«

»Eben deshalb. Es muss doch einen Unterschied geben.«

»Ich meine nur, weil wir uns schon so lange kennen«, sagte ich. »Ich würde mich nicht schämen vor dir.«

»Ich wollte immer anders sein als meine Eltern. Obwohl ich sie mag. Aber ich will nicht einfach nur eine Kopie sein. Das wäre doch schlimm, wenn immer alles so weiterginge.« Sie zögerte. Dann sagte sie lachend: »Weshalb willst du dich denn schämen?«

Als ich nach einiger Zeit zurückschaute, sah ich, dass Sandra und Michael in ihrem Boot saßen und uns folgten. Sie paddelten schnell, und als sie bald darauf grußlos an uns vorüberzogen, hörte ich sie heftig atmen. Sie trugen jetzt Badeanzüge und T-Shirts. Automatisch begann auch ich, schneller zu paddeln, aber Monika sagte: »Lass sie. Ich habe keine Lust auf ein Rennen.«

»Aber ich will niemanden vor mir haben«, sagte ich. »Meinst du, sie haben gemerkt, dass du das warst auf dem Zeltplatz?«

»Das ist mir egal«, sagte Monika, »die beiden Rammler.«

Am nächsten Nachmittag badeten wir wieder. Das Wasser war kalt, und wir schwammen bald zurück ans Ufer.

»Die waren auch hier«, sagte Monika und hob ein Schokoladenpapier auf, das im Sand lag, »die Schweine.«

»Das kann irgend jemand gewesen sein.«

»Vermutlich hat er es ihr hier gegeben.«

»Du bist ja richtig besessen davon. Lass die beiden doch. Wenn es ihnen Spaß macht.«

»Es verdirbt alles«, sagte Monika. Sie zerknüllte das Papier und warf es ins Gebüsch. »Wie machst du das eigentlich? Du bist doch kein Mönch. Wie lange bist du jetzt schon allein?«

»Ein halbes Jahr ... acht Monate. Wie mache ich was?«

»Es ist doch seltsam. Es ist schön, es kostet nichts, und man kann es überall machen. Und doch ...«

»Ich weiß nicht ... überall ...«

»Im Prinzip«, sagte Monika. »Was war der verrückteste Ort, an dem du mit einer Frau geschlafen hast?«

Wir hatten unsere Badetücher zum Trocknen in einen Baum gehängt und lagen am Ufer im Gras. Monika drehte sich zu mir, schaute mich an und lächelte.

»Ich hatte damals einfach keinen Respekt vor dir«, sagte sie dann. »Ich habe dich schon gemocht. Aber wenn ich keinen Respekt habe vor einem Mann ...«

»Und jetzt?«, fragte ich.

Wolken waren aufgezogen, und als sie die Sonne verdeckten, wurde es schnell kühl. Wir packten unsere Sachen zusammen und fuhren los. Der Wind blies böig, aber das Wasser war still und dunkel und schlug mit saugenden Geräuschen an die Aluminiumwand des Bootes. An einigen Stellen kräuselte es sich wie über einer Untiefe. Dann blitzte es, und wir zählten die Sekunden bis zum Donner und wussten, dass das Gewitter nah war. Ich dachte an meine Kindheit, als der Bademeister uns aus dem Wasser getrieben hatte, wenn ein Gewitter aufgekommen war. Da tauchte am Ufer, direkt vor uns, ein kleiner Unterstand auf, wie sie hier und da für die Kanufahrer standen. Als wir anlegten, gingen die Wellen schon hoch, und plötzlich begann es zu regnen. Wir zogen das Boot ans Ufer, deckten es mit einer Plane zu und rannten zum Unterstand.

»Was meinst du, wo die beiden anderen jetzt sind?«, fragte ich.

»Keine Ahnung«, sagte Monika. »Meinetwegen kann sie der Blitz erschlagen.«

Es regnete. Stundenlang saßen wir im Unterstand. Monika lehnte sich an mich, und ich legte einen Arm um sie. Irgendwann schliefen wir ein. Später holten wir den Kocher aus dem Boot und machten Kaffee und rauchten meine letzten Zigaretten.

»Was machen wir, wenn der Regen nicht aufhört?«, fragte ich.

»Er hört immer irgendwann auf«, sagte Monika.

Es war kalt geworden, und durch den dichten Regen

sahen wir kaum noch bis ans andere Ufer. Es war, als säßen wir in einem Zimmer mit Wänden aus Wasser. Dann ließ der Regen nach, und die Sonne war tief noch einmal zu sehen. Wir fuhren weiter. Der Fluss wurde bald eng und die Strömung stärker. Wir kamen unter einer einsamen Brücke hindurch, von der das Wasser tropfte. An einigen Stellen lagen umgestürzte Bäume im Fluss und machten die Durchfahrt schwierig. An diesem Abend hatten wir Mühe, einen Lagerplatz zu finden. Als wir endlich anhielten, bildete sich über dem Wasser schon Nebel. Wir versuchten, ein Feuer zu machen. Es gelang uns nicht.

Am nächsten Morgen schien die Sonne, aber gegen Mittag fing es wieder an zu regnen. Ein Fischer, den wir beim Umgehen eines kleinen Stauwehrs trafen, sagte, das Wetter werde so bleiben. Und wirklich regnete es den ganzen Tag und auch am Abend noch, als wir das Zelt aufstellten. Alles war nass, und diesmal kochten wir nicht und aßen nur Knäckebrot und kalten Schinken mit süßem Senf.

Ich konnte lange nicht einschlafen in dieser Nacht, aber es machte mir nichts aus. Ich hörte den Regen auf das gespannte Zeltdach fallen und dachte an die Zeit, als ich in Monika verliebt gewesen war, und daran, was alles seither geschehen war. Es regnete die ganze Nacht, und auch am nächsten Morgen regnete es und fast den ganzen Tag über. Als der Regen endlich aufhörte, hatten wir uns schon lange nicht mehr darum gekümmert.

Das Wasser stand jetzt hoch und war trüb von der

mitgeschwemmten Erde. Der Fluss war eng und hatte eine so starke Strömung, dass wir das Wasser rauschen hörten und die Paddel nur gebrauchten, um nirgends anzustoßen. Als wir um eine Biegung kamen, sahen wir am Ufer ein Kanu liegen, daneben Taschen, Liegematten und zwei Schlafsäcke. Im Boot war eine große Delle.

»Ich glaube, die sind gekentert«, sagte Monika. »Das müssen die beiden Rammler sein. Schauen wir nach?«

»Willst du?«, fragte ich.

»Vielleicht brauchen sie Hilfe«, sagte sie. »Das ist Bürgerinnenpflicht.«

Wir ließen uns an der Stelle vorbeitreiben, wendeten das Boot und legten gegen die Strömung am Ufer an.

»Hallo!«, rief Monika. »Michael, Sandra, seid ihr da?«

Es war nichts zu hören. Monika sagte, sie werde sich umschauen und ob ich Kaffee mache. Dann fand sie Michael und rief nach mir.

»Sandra ist Hilfe holen gegangen«, sagte Michael, »in den Wald.«

Wir halfen ihm aufzustehen. Zu dritt kamen wir nicht zwischen den Bäumen durch, aber Michael war nicht so schwach, wie wir zuerst geglaubt hatten. Er konnte ohne unsere Hilfe gehen, aber er hinkte und setzte den nackten Fuß nur zögernd auf. Als wir zurück am Fluss waren, kochte das Kaffeewasser. Wir hatten nur zwei Tassen. Monika und ich teilten uns eine, die andere gaben wir Michael. Nach einigen Schlucken begann er zu erzählen.

»Ein Baumstamm lag im Fluss. Da vorn. Wir sind zu schnell um die Biegung gefahren und konnten nicht mehr ausweichen.«

Sie hätten den Baum gerammt und das Kanu habe sich quergestellt und es sei gekippt und sofort mit Wasser vollgelaufen. Sie seien aus dem Boot gesprungen, sagte Michael, das Wasser dort sei nicht tief, aber das ganze Gepäck sei in den Fluss gefallen. Die Lebensmittel seien weg, der Kocher und die Paddel auch. Nur ein paar Sachen, die obenauf schwammen, hätten sie retten können.

Monika fragte, ob er etwas essen wolle. Er sagte, er habe keinen Hunger. Als wir unsere Sachen auspackten, aß er doch mit. Dann entschlossen wir uns, ein Stück weiterzufahren, um eine Stelle zu finden, an der wir mehr Platz für das Zelt hätten. Aber Michael weigerte sich, noch einmal in ein Boot zu steigen.

»Wie willst du hier weg, wenn nicht mit dem Boot?«, fragte Monika. Ich schaute auf der Karte nach. Die nächste Straße war ungefähr fünf Kilometer entfernt. Von dort aus waren es mindestens zehn Kilometer bis zur nächsten Siedlung.

»Wann ist Sandra losgegangen?«, fragte ich.

»Gestern«, sagte Michael, »nein, heute Morgen. In der Nacht.«

»Im Wald würden wir uns verirren«, sagte Monika, »auf dem Fluss gibt es nur einen Weg.«

Der Platz im Zelt war knapp. Michael legte sich mit

den Füßen nach oben neben Monika und mich. Ich hatte ihm ein Paar Socken geliehen. Sein Schlafsack war feucht, und im ganzen Zelt roch es modrig. Michael schlief sofort ein und begann, gleichmäßig und schwer zu atmen.

»Ich glaube, er hat einen Pilz oder irgendwas. Normale Füße riechen nicht so«, flüsterte Monika mir ins Ohr.

»Das ist der Schlafsack, der so riecht«, flüsterte ich.

Dann lachte Monika leise und sagte: »Gib's mir, ja, ja, ja.«

»Sei still. Er hört dich.«

Sie öffnete den Reißverschluss meines Schlafsacks und tastete mit ihren Händen nach mir.

»Nur Hände aufwärmen«, sagte sie.

»Die sind ja eiskalt.«

»Das ist der Nachteil, wenn man allein ist.«

Ich schlief schlecht in dieser Nacht. Als ich am Morgen aufwachte, war Michael nicht im Zelt. Ich hörte, wie er draußen umherging. Mein Schlafsack war feucht, und mir war kalt.

»Bist du wach?«, fragte Monika neben mir.

»Ja«, sagte ich. »Was macht der?«

»Was machst du?«, rief Monika.

»Ich suche meinen Schuh«, rief Michael zurück.

Wir krochen aus dem Zelt. Das Wetter war etwas besser geworden. Der Himmel war noch immer bewölkt, aber es regnete nicht mehr. Zwischen den Bäumen und auf dem Fluss lag dünner Nebel. Die Luft roch nach vermodertem Holz. Ich machte Wasser heiß.

»Das ist unser letzter Kaffee«, sagte ich. »Wir haben nur noch Milchpulver.«

»Und Pilze und Wurzeln«, sagte Monika. »Ab jetzt gilt das Jedermannsrecht.«

Michael schwieg.

»Wir sollten fahren, bevor es wieder zu regnen anfängt«, sagte Monika.

»Ich steige in kein Boot mehr«, sagte Michael.

»Sei nicht kindisch«, sagte Monika.

Er stand auf und verschwand im Wald. Als wir ihm nachriefen, er solle zurückkommen, rief er, er müsse erst seinen Schuh finden. Er wisse genau, wo er ihn verloren habe. Wir packten unsere Sachen und luden auch die von Sandra und Michael in unser Boot. Ihr Kanu banden wir mit einer Leine an unseres. Als wir bereit waren, riefen wir wieder nach Michael. Er gab keine Antwort, aber wir hörten ihn in der Nähe durchs Unterholz gehen.

»Wenn wir jetzt nicht fahren, schaffen wir es heute nicht mehr«, sagte Monika. »Komm, wir holen ihn.«

Wir folgten Michael in den Wald. Als wir näher kamen, ging er weiter, und wenn wir schneller gingen, ging auch er schneller.

»Es reicht jetzt«, rief Monika. »Bleib sofort stehen.«

»Wir müssen auf Sandra warten«, rief er zurück. Wenigstens war er jetzt stehengeblieben. Als wir bei ihm waren, sagte er noch einmal: »Wir müssen auf Sandra warten.«

»Warum habt ihr nicht einfach auf uns gewartet«, sagte ich. »Ihr habt doch gewusst, dass wir nicht weit hinter euch sind.«

»Sandra meinte, ihr würdet nicht halten«, sagte Michael, »weil wir euch überholt haben. Dass ihr uns böse seid. Und weil sie das Gepäck nicht angebunden hatte. Sie sagte, ihr würdet euch über uns lustig machen.«

»Bist du blöd?«, sagte Monika. »Das ist kein Wettbewerb hier. Diese Kuh.«

Michael kauerte nieder. »Mein Schuh muss hier ganz in der Nähe sein«, sagte er mit weinerlicher Stimme.

»Am Arsch ist dein Schuh«, sagte Monika. Ich hatte sie noch nie so wütend gesehen. Ich hörte wieder Regen fallen, aber er drang noch nicht durch das Laub bis zu uns. »Wir fahren jetzt weiter. Und du kommst mit. Wir können eine Nachricht für sie dalassen.«

»Und mein Schuh?«

»Hast du Fußpilz oder was«, schrie Monika. »Wir haben die ganze Nacht nicht geschlafen wegen deiner stinkenden Füße. Und jetzt gehen wir.«

Michael schwieg eingeschüchtert und folgte uns. Monika schrieb eine kurze Nachricht auf ein Blatt Papier, steckte es in eine Plastiktüte und band diese auf Augenhöhe an einen Baum. Sie schien sich beruhigt zu haben.

»Das ist kein Spiel«, sagte sie zu Michael. »Du kannst sterben in so einem Wald. Wie ein Tier.«

Unser Boot lag jetzt tief im Wasser. Ein Stück weit schlängelte sich der Fluss in engen Biegungen durch den Wald, dann wurde er breiter, und es wurde einfacher durchzukommen. Gegen Mittag brach kurz die Sonne durch die Wolken. Aber überall tropfte noch Wasser von den Bäumen, und auf dem Boot roch es nach unseren nassen Sachen. Einmal sahen wir in den Ästen eines Baumes, der im Wasser lag, einen Hut, und Michael sagte: »Das ist mein Hut.«

Monika und ich sagten nichts, und obwohl es leicht gewesen wäre, den Hut zu holen, fuhren wir daran vorbei. Die Strömung wurde immer schwächer. Unser Weg führte jetzt durch hohes Schilf, und endlich kamen wir auf einen großen See. Das gegenüberliegende Ufer war im Dunst nicht zu erkennen. Monika schaute auf die Karte.

»Der Zeltplatz liegt ungefähr zehn Kilometer von hier am Ostufer«, sagte sie. »Wenn wir so weiterpaddeln, sollten wir es bis heute abend schaffen.«

Wir hatten Gegenwind, und das angehängte Kanu bremste uns. Monika und ich paddelten. Michael saß schweigend in der Mitte des Bootes. Einmal sagte ich zu ihm, er solle Monika ablösen. Aber er stellte sich so ungeschickt an mit dem Paddel, dass sie es ihm bald wieder aus der Hand nahm. Der Wind frischte auf, und die Wellen schlugen jetzt fast über den Bootsrand. Wir kamen kaum mehr voran.

»Als es regnete, wehte wenigstens kein Wind«, sagte ich.

»Mach jetzt nicht schlapp«, sagte Monika.

Dann sprachen wir nicht mehr. Das Ufer war mit Schilf überwachsen und sah immer gleich aus. Einmal lenkten wir das Boot ins Schilf und aßen etwas Knäckebrot und Schinken. Dann paddelten wir weiter. Es war nach sieben, als wir den Zeltplatz endlich erreichten. Am Strand stand ein Mann, der uns half, die Boote an Land zu ziehen.

Michael verschwand, sobald wir angelegt hatten. Monika und ich putzten unser Kanu. Als wir es zum Bootshaus hochtrugen, sahen wir Michael und Sandra eng umschlungen über den Zeltplatz gehen. Sie schauten nicht in unsere Richtung. Wir stellten unser Zelt in der Nähe des Ufers auf, inmitten von Wohnwagen.

Beim Duschen sah ich Michael noch einmal. Er trug Plastiksandalen und rasierte sich. Er grüßte mich kaum hörbar.

»Ich habe gemeint, Sandra sei mit einer Rettungskolonne unterwegs«, sagte ich.

»Sie hätte mich geholt«, sagte er.

Als ich zum Zelt zurückkam, war Monika noch nicht da. Über einer der Leinen hingen die Socken, die ich Michael geliehen hatte. Ich warf sie in die nächste Mülltonne. Monika brachte eine Flasche portugiesischen Wein mit, die sie irgendwo aufgetrieben hatte.

»Ich habe Sandra getroffen, beim Duschen«, sagte sie. »Sie hat einen Zahn herausgeschlagen. Vorne, in der Mitte. Sie hat kein Wort gesagt.«

Wir kochten Reis, aßen eine Büchse Thunfisch und tranken den Wein dazu. Dann, als es schon fast dunkel war, gingen wir noch einmal an den See. Wir setzten uns auf den Bootssteg.

»Glaubst du, sie hätte ihn einfach so da draußen gelassen?«, fragte Monika.

»Ich weiß nicht«, sagte ich. »Vielleicht wegen des Schuhs.«

»Und der Zahn?«

Vom Gartenrestaurant drang leise Musik herüber und aus einem Wohnwagen der Ton eines Fernsehers. Sonst war es still.

»Eigentlich seltsam«, sagte ich, »es gab überhaupt keine Mücken.«

Monika hatte die Beine hochgezogen und ihren Kopf auf die Knie gelegt. Lange schaute sie auf den See hinaus. Dann drehte sie den Kopf, schaute mich an und sagte: »Es geschieht immer dann etwas, wenn man es am wenigsten erwartet.«

»Ich glaube nicht, dass uns so etwas hätte passieren können«, sagte ich.

»Wer weiß«, sagte Monika und lächelte. »Eigentlich würde ich gern mit dir schlafen. Aber nur, wenn du mir versprichst, dich nicht wieder in mich zu verlieben.«

Passion

Immer wenn ich an Maria denke, fällt mir ein Abend ein, an dem sie für uns gekocht hatte. Wir anderen saßen schon am Tisch im Garten, und Maria stand in der Tür, in den Händen eine flache Schüssel. Ihr Gesicht glühte von der Hitze der Küche, und sie strahlte vor Stolz über ihr Werk. In diesem kurzen Augenblick tat sie mir unglaublich leid und mit ihr die ganze Welt und ich mir selbst, und zugleich liebte ich sie mehr als jemals zuvor. Aber ich sagte nichts, und sie stellte das Essen auf den Tisch, und wir aßen.

Zu viert waren wir nach Italien gekommen, Stefan und Anita, Maria und ich. Es war Marias Idee gewesen, in das Dorf ihres Großvaters zu fahren. Der Großvater war vor vielen Jahren als junger Mann in die Schweiz ausgewandert, und schon Marias Vater hatte die alte Heimat nur noch von Ferienaufenthalten her gekannt.

Wir wohnten in einem kleinen, etwas verkommenen Ferienhaus, mitten in einem Pinienwald am Meer. Überall im Wald standen Häuser, die meisten waren größer und schöner als unseres. Nicht weit von der Siedlung gab es eine Uferpromenade mit Restaurants, Hotels und Geschäften. Der alte Teil des Dorfs lag etwas im Landesinnern, am Fuß der Hügel. Aber wir blieben die meiste Zeit im neuen Teil, in unserem Haus, weil wir kein Auto hatten. Einmal nur nahmen wir nach einem späten Frühstück ein Taxi und fuhren in das alte Dorf.

In den Straßen war niemand zu sehen. Dann und wann fuhr ein Auto vorüber. Aus einem geöffneten Fenster hörten wir Küchengeräusche, und einmal sahen wir zwei schwarzgekleidete Frauen. Maria wollte sie nach ihrem Großvater fragen, aber als wir näher kamen, verschwanden sie in einem Haus. Wir fanden eine kleine Bar, die geöffnet hatte. Wir setzten uns an einen Tisch und tranken etwas. Maria fragte den Besitzer, ob eine Familie mit ihrem Namen im Dorf wohne. Er zuckte mit den Achseln und sagte, er sei aus dem Norden, er kenne hier nur die Leute, die in sein Lokal kämen. Und selbst von denen wisse er oft nur die Vornamen oder Spitznamen.

Dann gingen wir auf den Friedhof, aber auch dort erinnerte nichts an Marias Familie. Auf keinem Grabstein und keinem der Urnengräber fanden wir ihren Namen.

»Bist du sicher, dass wir im richtigen Dorf sind?«, fragte Stefan. »Die meisten Italiener kommen doch aus Sizilien.«

Maria gab keine Antwort.

»Alles schläft«, sagte Stefan. »Deine Verwandten hätten wenigstens aufstehen können, wenn du sie besuchen kommst.«

»Enttäuscht?«, fragte ich.

»Nein«, sagte Maria. »Es ist doch ein schönes Dorf.«

»Hast du etwas gespürt?«, fragte Anita. »Ich weiß nicht, Wurzeln. Da leben vielleicht noch … wie nennt man die Cousins von Cousins?«

Wir hatten erst länger bleiben wollen, aber es gab nichts mehr zu tun hier, und wir fanden kein Restaurant, in dem wir hätten essen können. Zu Fuß gingen wir zurück, wanderten endlose Feldwege entlang über eine heiße Ebene ohne Zuflucht. Einmal fuhr ein Mann auf einem Mofa an uns vorüber. Er winkte und rief etwas, das wir nicht verstanden. Wir winkten auch, und er verschwand in einer weißen Staubwolke.

»Vielleicht war das ein Verwandter von dir«, sagte Stefan und grinste.

Seit wir in Italien waren, war es heiß, so heiß, dass selbst der Schatten der Bäume kaum mehr Abkühlung bot. Tagsüber waren wir schläfrig, aber in der Nacht schliefen wir kaum, weil es so heiß war und weil die Grillen laut schrien, als sei ein Unglück geschehen. Ich glaube, wir wären alle lieber daheim gewesen, in den kühlen Wäldern oder in den Bergen, auch Maria. Aber es gab keinen Ausweg aus der Hitze, wir waren gefangen in ihr, in unserer Trägheit, und wenn das Wetter nicht umschlug, war unsere einzige Hoffnung, dass die Ferien schnell vorbeigehen würden.

Tagelang hatten wir nichts unternommen. Dann erfuhr Anita, dass es in der Nähe einen Reitstall gab. Sie war als Kind eine Zeitlang geritten und wollte es noch einmal versuchen. Stefan hatte keine Lust, und Maria sagte, sie fürchte sich vor Pferden. Schließlich versprach ich Anita mitzukommen. An diesem Abend erzählte sie uns alle möglichen Reitgeschichten, und ich musste mich rittlings auf einen Stuhl setzen, und sie zeigte mir, wie ein Pferd zu lenken sei und was ich tun müsse, wenn es mit mir durchgehe.

Als sie die Pferde am nächsten Morgen sah, war sie enttäuscht. Es waren alte, schmutzige Tiere, die teilnahmslos vor dem Stall standen und die Köpfe hängen ließen. Wir bezahlten die Miete und stellten uns zu einer kleinen Gruppe von Wartenden. Nach einer Weile trat ein Mädchen in hohen Stiefeln und engen Hosen zu uns. Sie sagte etwas auf italienisch, reichte jedem von uns eine Reitpeitsche und wies uns unsere Tiere zu. Sie spielte sich vor uns auf und sprach zu den Pferden, als seien sie es, die uns gemietet hätten. Ein junger Mann schlenderte über den Platz auf uns zu. Noch bevor er uns erreicht hatte, rief er uns einen Gruß zu und fragte, ob alle Italienisch sprächen. Als einige verneinten, sagte er: »*We will explore the beautiful landscape on horseback.*«

Er half uns auf die Pferde, stieg dann selber auf und ritt los. Er hatte uns kurz erklärt, wie die Tiere zu lenken seien, aber egal, was wir taten, sie trotteten langsam hintereinanderher. Ich kam mir lächerlich vor.

Wir ritten durch einen dichten Wald. Überall zwischen

den Bäumen lagen Abfälle im Unterholz, leere Plastikflaschen, irgendwo ein altes Fahrrad und eine ausgediente Waschmaschine. Die Pfade, denen wir folgten, hatten sich von den vielen Ritten tief in den Boden eingegraben. Ich ritt zuhinterst in der Kolonne, und manchmal stand mein Pferd still und fraß Blätter von den Sträuchern am Wegrand. Dann drehte sich unser Anführer um und rief: »Schlagen!« Und wenn ich das Pferd nicht hart genug schlug, schlug er selbst sein Pferd und rief: »Fester schlagen!«

Anita, die vor mir ritt, schaute zurück und lachte. Sie sagte: »Es tut ihm nicht weh.«

Ich spürte die Wärme des großen Tieres unter mir und an den Beinen, die ich in seine Flanken presste, die Bewegungen seiner Muskeln. Manchmal legte ich meine Hand an seinen Hals.

Der Ausritt dauerte kaum eine halbe Stunde. Anita und ich hatten unsere Badesachen mitgebracht. Im Wald zogen wir uns um.

»Die Kleider kann ich nicht mehr anziehen«, sagte ich, »so wie die stinken.«

»Ich mag den Geruch«, sagte Anita. »Am liebsten würde ich wieder mit Reiten anfangen. Nur die Reiter mag ich nicht. Die interessieren sich nur für Pferde. Und Sex.«

»Das macht der Geruch«, sagte ich, und Anita lachte.

Wir stiegen die steilen Dünen hinauf. Unsere Füße versanken tief im lockeren Sand. Anita ging vor mir, und ich schaute ihr zu, wie sie durch den Sand watete, und dachte, ich würde gern meine Hand an ihren Hals legen und ihre Wärme spüren. Dann rutschte sie aus. Ich fasste sie von hinten um die Taille, rutschte selbst, und zusammen fielen wir hin. Wir lachten und halfen einander aufzustehen. Wir hatten geschwitzt, und Sand klebte an unseren Körpern. Bevor wir weitergingen, wischten wir uns gegenseitig den Sand von Rücken und Armen.

Wir blieben nicht lange am Strand. Er war schmutzig hier, und das Wasser war trüb und zu warm und roch faulig. Es war viel zu heiß jetzt, und es waren zu viele Leute da. Als wir ins Haus zurückkamen, waren Stefan und Maria ausgegangen. Die Rollläden waren heruntergelassen. Drinnen war es dunkel, aber nicht kühler als draußen.

Träge lagen wir nebeneinander auf dem Bett von Maria und mir. Wir trugen noch immer unsere Badeanzüge. Ich schaute Anita an. Sie hob die Arme über den Kopf, streckte sich und gähnte mit fast geschlossenem Mund. »Das ist meine liebste Zeit«, sagte sie, »wenn man am Tag im Dunkeln liegt und nichts muss.«

»An solchen Tagen möchte ich ein Tier sein«, sagte ich, »nur schlafen und trinken. Und darauf warten, dass es irgendwann kühler wird.«

Anita drehte sich zu mir. Sie stützte sich auf einen Ellbogen und legte den Kopf in die Hand. Sie sagte, sie und Stefan hätten sich auseinandergelebt. Ihre Beziehung langweile sie, Stefan langweile sie. Er könne sich nicht mit ihr begeistern. Dass er nicht mit reiten gekommen sei, das sei typisch. Obwohl es ihr eigentlich ganz recht gewesen sei. »Mit dir macht es viel mehr Spaß.«

»Ich habe immer gedacht, ihr seid das perfekte Paar.«

»Ach ja«, sagte Anita, »vielleicht waren wir das auch. Und jetzt sind wir es nicht mehr. Und ihr?«

»Auf und ab«, sagte ich, »ich schaue wieder anderen Frauen nach. Das ist kein gutes Zeichen, denke ich. Maria muss es merken, aber sie sagt nichts. Sie schluckt alles. Und ich habe ein schlechtes Gewissen.«

»Mir ist es aufgefallen«, sagte Anita, lachte und ließ sich auf den Rücken fallen.

Dann wurde es noch heißer. Am Morgen war die Luft klar, aber schon gegen Mittag verschwand alles in einem milchigweißen Dunst, als verbrenne das Land unter uns langsam in einem Schwelbrand. In den folgenden Tagen unternahmen wir nichts mehr. Manchmal badeten wir frühmorgens oder am Abend, wenn die Sonne unterging. Wir kauften ein, bevor die Geschäfte für den Nachmittag schlossen, Käse und Tomaten, ungesalzenes Brot und billigen Wein in großen Flaschen. Dann setzten wir uns in den Schatten der Pinien vor dem Haus und versuchten zu lesen, aber meistens dösten wir nur oder führten belanglose Gespräche. Am Abend kochten wir, und beim Essen stritten wir uns laut über Themen, über die wir alle einer Meinung waren. Maria schwieg meist, wenn wir diskutierten. Sie hörte zu, wenn wir uns stritten, und wenn wir uns versöhnten, stand sie auf und verschwand, um zu lesen.

»Ich liebe diesen Sommergeruch«, sagte sie einmal, »ich weiß gar nicht, was es ist. Es ist eher ein Gefühl als ein Geruch. Man riecht es mit der Haut, mit dem ganzen Körper.«

»Früher habe ich mehr gerochen«, sagte Stefan. »Ist das nicht seltsam? Sogar die Luft habe ich gerochen, den Regen und die Hitze. Jetzt rieche ich nichts mehr. Das muss die Luftverschmutzung sein. Ich rieche nichts mehr.«

»Du rauchst zu viel«, sagte Anita.

»Manchmal«, sagte Stefan, »manchmal, wenn ich am Morgen ausspucke, ist Blut in meinem Speichel. Aber ich glaube nicht, dass es etwas zu bedeuten hat. Vielleicht ist es auch der Wein.«

»Hunde brauchen mehr als die Hälfte ihres Gehirns nur für das Riechen«, sagte ich.

»Es ist alles so kompliziert«, sagte Anita. »Früher war alles viel einfacher.«

Maria sagte, sie gehe an den Strand. Wir anderen redeten noch eine Weile, dann folgten wir ihr. Es dauerte lange, bis wir sie in der Dunkelheit fanden. Sie saß im Sand und schaute hinaus auf das Meer. Das Rauschen der Wellen schien jetzt lauter zu sein als am Tag. »Wenn ihr euch vertragt, seid ihr noch unerträglicher, als wenn ihr euch streitet«, sagte Maria.

Manchmal kochte Maria für uns italienische Gerichte. Dann kaufte sie selber ein und verbrachte Stunden in der Küche und ließ niemanden hinein. Sie wäre gern eine gute Köchin gewesen, aber sie war keine.

Maria litt am wenigsten unter der Hitze, und ich merkte, dass sie von Tag zu Tag ungeduldiger wurde. Eines Abends sagte sie, sie habe für den nächsten Tag ein Auto gemietet, sie werde einen Ausflug machen. Wir könnten mitkommen, wenn wir wollten. Anita und Stefan waren begeistert, aber ich hatte keine Lust, irgendwohin zu fahren, und sagte es. Maria sagte nicht viel, nur dass sie mich nicht zwingen könne. Ich hatte zu viel Wein getrunken wie jeden Abend und sagte, ich ginge schlafen. Als ich im Bett lag, hörte ich durch das offene Fenster, wie die anderen den Ausflug besprachen, was sie sehen, wohin sie fahren wollten.

»Wir müssen früh los«, sagte Maria, »damit wir da sind, bevor es heiß wird.«

»Ich nehme den Fotoapparat mit«, sagte Stefan, und Anita sagte, sie wolle sich einen Hut kaufen, einen Hut aus Stroh.

Ich dachte, so möchte ich immer liegen, unter dem offenen Fenster, und zuhören, wie andere Pläne machen. Dann löschten sie die Kerzen und brachten das schmutzige Geschirr herein, leise, um mich nicht zu stören. Als Maria neben mich unter die Decke kroch, tat ich, als schliefe ich schon.

Das war der Abend gewesen, an dem mir Maria so leidgetan hatte, an dem ich jenes tiefe Mitgefühl gehabt hatte mit ihr und mit mir und mit der ganzen Welt. Und als ich nun im Bett lag und nicht einschlafen konnte und neben mir Maria atmen hörte, hatte ich wieder das Gefühl absoluter Sinnlosigkeit, das zugleich traurig und befreiend war. Ich dachte, ich würde nie mehr etwas anderes fühlen als dieses Mitleid, diese Verbundenheit mit allem.

Die anderen waren schon aufgebrochen, als ich am nächsten Morgen aufwachte. Im ganzen Haus roch es frisch nach Seife und Deodorants. Ich setzte Kaffee auf. Gestern waren mir die Zigaretten ausgegangen, und ich hatte mir vorgenommen, jetzt endlich das Rauchen aufzugeben. Dann sah ich draußen auf dem Tisch Stefans Zigaretten liegen und nahm mir eine. Ich trank den Kaffee, dann ging ich durch den Wald ins Zentrum, um Zigaretten zu kaufen. Es war noch nicht neun, aber es war schon heiß, und überall waren Menschen unterwegs zum Strand.

Als ich zurückkam, wirkte das Haus verlassen, als habe lange niemand darin gewohnt. Aus dem benachbarten Garten hörte ich Kinder spielen und aus der Ferne Autos und Motorräder vorüberfahren. Die Gartenstühle standen unter den Pinien, wo wir sie auf der Suche nach Schatten hatten stehen lassen. Darauf lagen Zeitschriften, Bücher, aufgeschlagen und umgedreht. Im Wipfel eines Baumes schrie ein Vogel laut und nur ganz kurz. Die Kinder waren jetzt still oder waren im Haus oder hinter dem Haus verschwunden. Ich hatte ein leeres

Gefühl im Magen, aber ich hatte keine Lust zu essen und rauchte noch eine Zigarette.

Seitdem wir hier waren, hatte ich viel weniger gelesen, als ich mir vorgenommen hatte. Jetzt, wo ich endlich Zeit hatte, sehnte ich mich nach Leben und war doch froh, nicht im heißen Auto zu sitzen oder durch eine schläfrige Stadt zu gehen, durch Fußgängerzonen voller schwitzender Touristen, oder Kaffee zu trinken auf einer überfüllten Terrasse. Ich fühlte mich einsam, wie man sich nur im Sommer einsam fühlt oder als Kind. Es war mir, als sei ich einzeln in einer Welt, in der es nur Gruppen gab, Paare, Familien, die zusammen waren, irgendwo, weit entfernt. Ich las, aber ich legte das Buch schon nach kurzer Zeit wieder weg. Ich blätterte in einigen Illustrierten, dann machte ich noch einmal Kaffee und rauchte. Inzwischen war es Mittag geworden, und ich ging ins Haus, um mich zu rasieren, seit Tagen zum ersten Mal.

Ich hatte mir Sorgen gemacht, als die anderen am Abend endlich zurückkamen. Sie schienen ein schlechtes Gewissen zu haben, weil sie einen so schönen Tag verbracht hatten. Das Auto hatten sie schon zurückgegeben.

Sie kamen durch den Garten zum Haus, beladen mit Taschen und Plastiktüten. Anita trug einen Hut aus Stroh, Stefan einen bunten Drachen. Maria küsste mich kurz auf den Mund. Sie war erhitzt von der langen Autofahrt und roch nach Schweiß.

Wir gingen ans Meer, wo jetzt kaum noch Leute waren. Die Sonne stand dicht über dem Horizont. Die anderen liefen ins seichte Wasser hinaus. Ich saß im Sand, rauchte und schaute zu, wie sie einander nassspritzten. Anita trug noch immer ihren neuen Hut.

Nach einer Weile kamen sie aus dem Wasser. Maria blieb dicht vor mir stehen und trocknete sich ab. Im Gegenlicht sah ich nur ihre Silhouette. Dann warf sie mir das feuchte Badetuch an den Kopf und sagte: »So, du Langweiler, hast du einen schönen Tag gehabt?«

Erst jetzt erzählten die drei von ihrem Ausflug. Einen Moment lang bedauerte ich, nicht dabeigewesen zu sein. Nicht weil sie etwas Besonderes erlebt hatten, sondern weil ich gern die Erinnerung mit ihnen geteilt hätte. Ich sagte, ich hätte den ganzen Tag gelesen, und vielleicht beneideten auch sie mich ein wenig. Anita sagte, sie hätten mir etwas mitgebracht, ein Geschenk. Stefan rannte mit seinem Drachen den Strand entlang, aber es wehte kein Wind, und schließlich gab er es auf. Wir blieben am Meer, bis die Sonne untergegangen war, dann gingen wir zurück zum Haus, um zu essen.

Während des Essens machte Maria Anspielungen auf meine Trägheit, bis ich wütend wurde und sagte, sie solle endlich aufhören. Sie werde wohl einen Tag ohne mich auskommen. Sie sagte, ich sei immer so, ein Langweiler. Ich stand auf und ging in den Garten. Ich hörte die anderen drinnen schweigend weiteressen. Dann kam Maria heraus. Sie blieb in der Tür stehen und schaute in die Bäume. Nach einer Weile sagte sie: »Sei nicht kindisch.«

Ich sagte, ich hätte keinen Hunger mehr, und sie sagte, sie wolle mit mir spazierengehen, an den Strand.

Es war nicht ganz dunkel. Wir gingen am Strand entlang, nahe am Wasser, wo der Sand feucht war und das Gehen leicht. Wir schwiegen lange. Dann sagte Maria: »Ich habe mich den ganzen Tag darauf gefreut, dich wiederzusehen.«

»Du hättest etwas sagen sollen, gestern«, sagte ich. »Ich hatte zu viel getrunken und keine Lust, irgend etwas zu unternehmen. Die Hitze tut mir nicht gut.«

»Wir sind zu verschieden«, sagte Maria. »Ich weiß auch nicht. Vielleicht …«

»Wir können doch einmal einen Tag getrennt sein.«

»Das ist es ja nicht«, sagte sie und fragte eher erstaunt als ärgerlich: »Was willst du überhaupt …?«

Sie blieb stehen, aber ich ging weiter, schneller als zuvor. Sie folgte mir.

»Du dramatisierst immer gleich alles«, sagte ich. »Ich will nichts.«

»Ich dramatisiere nichts«, sagte Maria. »Wir passen einfach nicht zusammen.«

»Wie meinst du das?«

»Es ist nicht deine Schuld.«

Wieder blieb Maria stehen, und diesmal ging auch ich nicht weiter. Ich drehte mich zu ihr um. Vor ihr im Sand lag eine Qualle, ein kleines, durchsichtiges Häufchen Gallert. Sie stieß es mit dem Fuß an.

»Dumme Tiere«, sagte sie. »Im Wasser sind sie schön.

Aber wenn sie angeschwemmt werden ... man kann ihnen nicht helfen.«

Sie nahm eine Handvoll Sand und ließ ihn langsam auf die Qualle rieseln. Sie wartete.

Schließlich sagte ich: »Willst du dich ...?«

»Wenn die Sonne scheint, bleibt nichts zurück«, sagte Maria. Sie zögerte, dann sagte sie ja.

»Das ist Italien«, sagte ich, »das ist nur, weil wir in Italien sind. Zu Hause sieht alles gleich ganz anders aus.«

»Ja«, sagte Maria, »deshalb.«

Sie sagte, sie fühle sich nicht wohl hier. »Nicht die Hitze. Aber ich habe überhaupt nicht das Gefühl, dass ich von hier komme. Ich kann mir nichts vorstellen. Nicht, wie mein Großvater hier gelebt hat. Noch nicht einmal, dass mein Vater hier in den Ferien war. Ich habe gedacht, hier sei irgend etwas. Aber es ist alles vollkommen fremd. Und du ... Ich muss irgendwo zu Hause sein, bei irgendjemandem.«

Sie drehte sich um und ging zurück. Ich setzte mich neben der toten Qualle in den Sand und zündete mir eine Zigarette an. Ich blieb lange sitzen und rauchte.

Als ich zum Haus zurückkam, saßen die anderen noch draußen, redeten und tranken Wein. Ich ging wortlos nach drinnen. Maria folgte mir. Nebeneinander standen wir vor dem Sofa im Wohnzimmer, auf dem Maria sich ein Bett gemacht hatte. Sie sagte nichts, und auch ich schwieg. Ich ging ins Schlafzimmer, zog mich aus und legte mich hin. Ich konnte lange nicht einschlafen.

Ich erwachte, weil jemand im Zimmer war. Draußen dämmerte es. Maria packte ihre Sachen. Sie gab sich Mühe, keinen Lärm zu machen. Ich beobachtete sie heimlich, aber wenn sie sich zu mir umdrehte, schloss ich die Augen und tat, als schliefe ich. Sie trug ihre Reisetasche in das Wohnzimmer, dann kam sie noch einmal zurück und trat an das Bett. Lange blieb sie so stehen, dann drehte sie sich um, ging hinaus und schloss sanft die Tür. Ich hörte sie telefonieren. Nach einer Weile fuhr draußen ein Auto vor. Es blieb stehen, aber der Motor lief weiter. Dann hörte ich Türen schlagen, und das Auto fuhr weg. Ich stand auf und ging ins Wohnzimmer.

Das Sofa war leer. Die Bettwäsche lag zusammengefaltet daneben auf dem Boden. Auf dem Tisch lag ein Blatt Papier. Während ich las, kam Anita aus ihrem Schlafzimmer. Sie fragte, was los sei, und ich sagte, Maria sei nach Hause gefahren.

»Irgendwann ist etwas schiefgelaufen«, sagte ich. »Ich weiß nicht, was ich falsch gemacht habe.«

»Wie spät ist es?«, fragte Anita.

»Sechs Uhr«, sagte ich.

»So früh? Ich lege mich noch einmal hin.«

Wir gingen zurück in unsere Zimmer. Neben dem Bett lag ein T-Shirt von Maria. Ich hob es auf. Es roch nach ihr, nach ihrem Schweiß, ihrem Schlaf, und für einen Moment war es mir, als sei sie noch da und nur kurz hinausgegangen.

Beim Frühstück redeten wir nicht über Marias Abreise. Aber als Stefan später an den Strand ging, um noch einmal zu versuchen, seinen Drachen steigen zu lassen, fragte Anita, weshalb Maria mich verlassen habe: »Hat es etwas mit Italien zu tun?«

»Ja«, sagte ich, ohne überzeugt zu sein, »es ist alles so kompliziert.«

»Meinst du, ihr kommt wieder zusammen?«, fragte Anita.

Ich sagte, ich wisse es nicht, wisse nicht einmal, ob ich das wolle.

Anita sagte, eigentlich beneide sie uns. »Das hätte ich schon lange tun sollen. Wenn ich nicht so träge wäre …«

»Ich kann mir nicht vorstellen, wie ihr Leben ohne mich aussieht«, sagte ich.

»Das kann man nie, und dann geht es doch irgendwie«, sagte Anita.

Dann kam Stefan zurück. Es hatte wieder keinen Wind gegeben, und als er den Drachen über den Sand schleppte, schnappte ein Hund danach und zerbiss ihn. Anita grinste.

»Du hättest ihn gleich dort beerdigen sollen«, sagte sie.

»Ich habe mir als Kind immer einen Drachen gewünscht«, sagte Stefan, »aber dann habe ich doch nur Kleider bekommen und Schultaschen und Bücher.«

»Ihr habt mir mein Geschenk noch nicht gegeben«, sagte ich, »das Geschenk, das ihr mir mitgebracht habt.«

»Das hat Maria«, sagte Anita. »Sie muss es mitgenommen haben.«

»Was war es?«

»Ich weiß nicht. Wir waren nicht dabei, als sie es gekauft hat.« Maria habe geheimnisvoll getan und es nicht sagen wollen.

»Bestimmt etwas Blödes«, sagte Stefan.

»Vielleicht schickt sie es mir«, sagte ich, »oder ich rufe sie an.«

Es war der letzte Tag unserer Ferien. Wir packten unsere Sachen und putzten das Haus. Überall war Sand. Am Abend gingen wir an die Uferpromenade. Wir wollten in einem Restaurant essen.

»Warum haben die Italiener immer die Rollläden geschlossen?«, fragte Stefan, als wir durch die Ferienhaussiedlung gingen.

»Bei der Hitze ...«, sagte Anita.

»Auch bei uns«, sagte Stefan. »Ich hatte italienische Nachbarn. Die hatten immer die Rollläden geschlossen. Und eine riesige Satellitenantenne auf dem Balkon.«

»Vielleicht aus Heimweh«, sagte Anita.

Wir spazierten die Uferpromenade entlang. Die Sonne war schon untergegangen, aber es war noch immer heiß. Vor den Restaurants standen Stühle und Tische. Auf großen Leuchttafeln waren Bilder der angebotenen Gerichte zu sehen. Das Rot war verblichen, und alle Speisen sahen blau und unappetitlich aus. Vor einem Restaurant lagen Fische und Meeresfrüchte in Körben voller Eis.

»Könnt ihr etwas riechen?«, fragte Stefan. »Ich rieche nichts. Man müsste doch etwas riechen.«

»Wenn Fisch nach Fisch riecht, ist er nicht mehr gut«, sagte Anita.

Wir konnten uns für keines der Restaurants entscheiden und gingen bis zum Ende der Promenade. Dort setzten wir uns auf eine niedrige Mauer. Der Himmel war leer und wie verschlossen vom Neonlicht der nahen Restaurants. Stefan hatte sich auf die Mauer gelegt und seinen Kopf in Anitas Schoß gebettet. Sie strich über sein Haar. Ich saß neben ihr. Unsere Schultern berührten sich.

»Schaut dort den Stern«, sagte Stefan, »das muss ein Fixstern sein, so hell.«

»Das ist ein Flugzeug«, sagte Anita, »so hell sind nur Flugzeuge.«

»Flugzeuge blinken«, sagte Stefan, »und sie haben rote und grüne Lichter.«

Langsam bewegte sich das helle Licht über den Himmel. Wir schwiegen und schauten zu, wie es gegen Westen verschwand.

»Das ist ein schönes Gefühl«, sagte Anita, »dass dort oben Menschen sitzen und in den Morgen fliegen. Dass immer irgendwo ein Tag beginnt. Bei uns ist es noch Nacht, wenn sie schon die Sonne sehen. Die amerikanische Sonne.«

»Es kommt mir vor, als seien wir schon eine Ewigkeit hier«, sagte Stefan.

»Ich könnte hier leben«, sagte Anita, »und immer nur den Flugzeugen nachschauen und essen und lesen. Ich fühle mich schon richtig zu Hause.«

»Ich möchte wissen, wo Maria jetzt steckt«, sagte ich. »Ich möchte wissen, was sie mir schenken wollte.«

Das schönste Mädchen

Nach fünf milden und sonnigen Tagen auf der Insel zogen Wolken auf. In der Nacht regnete es, und am nächsten Morgen war es zehn Grad kälter. Ich ging über den Rif, eine riesige Sandebene im Südwesten, die nicht mehr Land und noch nicht Meer ist. Ich konnte nicht sehen, wo das Wasser begann, aber es war mir, als sähe ich die Krümmung der Erde. Manchmal kreuzte ich die Spur eines anderen Wanderers. Weit und breit war kein Mensch zu sehen. Nur hier und da lag ein Haufen Tang oder ragte ein schwarzer, vom Meerwasser zerfressener Holzpfahl aus dem Boden. Irgendwo hatte jemand mit bloßen Füßen ein Wort in den feuchten Sand gestampft. Ich ging um die Schrift herum und las »ALIEN«. In der Ferne hörte ich das Fährschiff, das in einer halben Stunde anlegen würde. Es war mir, als hörte ich das monotone Vibrieren mit meinem ganzen Körper. Dann begann es zu regnen, leicht und unsichtbar, ein Sprühregen, der sich wie eine Wolke um mich legte. Ich kehrte um und ging zurück.

Ich war der einzige Gast in der Pension. Wyb Jan saß mit Anneke, seiner Freundin, in der Stube und trank Tee. Der Raum war voller Schiffsmodelle, Wyb Jans Vater war Kapitän gewesen. Anneke fragte, ob ich eine Tasse Tee mit ihnen trinken wolle. Ich erzählte ihnen von der Schrift im Sand.

»*Alien*«, sagte ich, »genauso habe ich mich gefühlt auf dem Rif. Fremd, als habe die Erde mich abgestoßen.«

Wyb Jan lachte, und Anneke sagte: »Alien ist ein holländischer Frauenname. Alien Post ist das schönste Mädchen der Insel.«

»Du bist das schönste Mädchen der Insel«, sagte Wyb Jan zu Anneke und küsste sie. Dann klopfte er mir auf die Schulter und sagte: »Bei diesem Wetter ist es besser, zu Hause zu bleiben. Draußen verliert man leicht den Verstand.«

Er ging in die Küche, um eine Tasse für mich zu holen. Als er zurückkam, machte er Licht und sagte: »Ich werde dir einen Elektroofen ins Zimmer stellen.«

»Ich möchte wissen, wer das geschrieben hat«, sagte Anneke. »Meinst du, Alien hat endlich einen Freund gefunden?«

Was wir können

Evelyn hatte ein Café mit einem lächerlichen Namen vorgeschlagen, Aquarium oder Zebra oder Pinguin, ich kann mich nicht erinnern. Sie esse dort oft zu Abend, hatte sie gesagt. Als ich eintrat, waren nur zwei Tische besetzt. Ich nahm in der Nähe der Tür Platz und wartete. Ich studierte die Karte. Es war einer jener Orte, an dem die Gerichte originelle Namen tragen und halbe Portionen angeboten werden.

»Wir könnten ja mal ein Bier zusammen trinken«, hatte ich gesagt, als ich Evelyn an meinem letzten Arbeitstag die Hand schüttelte. Ich hatte das an diesem Tag zu allen gesagt und nie wirklich gemeint. Evelyn sagte, sie trinke kein Bier, und ich sagte, es müsse ja nicht unbedingt Bier sein. Darauf sagte sie, gern, und wann ich denn Zeit hätte. Und es blieb mir nichts anderes übrig, als mich mit ihr zu verabreden.

Als Evelyn endlich kam, eine Viertelstunde zu spät, war ich schon ziemlich verärgert.

»Macht es dir etwas aus, dort drüben zu sitzen?«, fragte sie. »Ich sitze immer dort.«

Sie grüßte die Gäste an den anderen Tischen mit Namen.

»Ist das ein Heim hier oder was?«, fragte ich.

Evelyn hatte Mühe, sich für etwas zu entscheiden. Als die Kellnerin die Bestellung schon aufgenommen hatte, änderte sie ihre Entscheidung noch einmal.

»Du musst die Speisekarte auswendig kennen«, sagte ich.

Evelyn lachte. »Ich nehme immer dasselbe«, sagte sie. Dann sagte sie nichts mehr und strahlte mich nur noch an. Ich erzählte irgend etwas. Als endlich das Essen kam, wusste ich schon nicht mehr, worüber ich noch hätte reden können. Evelyn schien keine Interessen zu haben. Als ich sie irgendwann nach ihren Hobbys fragte, sagte sie: »Ich wollte immer gern singen können.«

»Nimmst du Gesangsstunden?«

»Nein«, sagte sie, »das ist mir zu teuer.«

»Bist du in einem Chor?«

»Nein. Ich schäme mich, vor anderen Leuten zu singen.«

»Das sind nicht gerade ideale Voraussetzungen für eine Gesangskarriere«, sagte ich, und sie lachte.

»Ich würde es ja nur gern können.«

Kaum hatten wir den Kaffee getrunken, sagte Evelyn, das Lokal schließe in einer Viertelstunde.

»Gehen wir noch irgendwo etwas trinken?«, fragte ich aus Höflichkeit, als wir auf der Straße standen.

»Ich gehe nicht gern in Bars«, sagte Evelyn. »Ich hasse

den Rauch. Aber wenn du willst, mache ich uns noch eine heiße Schokolade.«

Sie wurde rot. Um die Situation nicht noch peinlicher werden zu lassen, sagte ich, wenn sie auch Kaffee hätte, käme ich gern mit. Sie sagte, sie habe nur Pulverkaffee, und ich sagte, das sei in Ordnung.

»Hat deine Freundin nichts dagegen, dass du mit fremden Frauen ausgehst?«

»Ich habe keine Freundin.«

»Ich auch nicht«, sagte Evelyn, »keinen Freund. Im Moment.«

Evelyn wohnte im dritten Stock eines Mehrfamilienhauses. Sie schaute in den Briefkasten. Es schien eine Art Reflex zu sein, sie musste ihn schon früher am Abend geleert haben. Als sie in die Wohnung trat, machte sie eine ungelenke Handbewegung und sagte: »Willkommen in meinem Palast.«

Sie führte mich ins Wohnzimmer, zeigte auf das Sofa und sagte, ich solle es mir bequem machen. Ich setzte mich, aber sobald sie in der Küche verschwunden war, stand ich wieder auf und schaute mich um. Das ganze Zimmer war mit hellen, klobigen Fichtenmöbeln eingerichtet. Auf dem Bücherregal standen vielleicht drei Dutzend Bildbände zu unterschiedlichsten Themen, einige Reisebücher und viele Romane mit bunten Umschlägen und Titeln, in denen Frauennamen vorkamen. Überall im Raum lagen und standen Trachtenpuppen. An den Wänden hingen Farbstiftzeichnungen von Katzen und Blumentöpfen, die Evelyn wohl selbst gemacht hatte.

Evelyn brauchte lange, um den Kaffee und die Schokolade zuzubereiten. Der Kaffee war viel zu dünn. Ich erzählte irgendeine Geschichte, dann begann Evelyn unvermittelt, von einer Krankheit zu sprechen, an der sie leide. Ich weiß nicht mehr, was es war, aber es hatte etwas mit der Verdauung zu tun. Erst jetzt fiel mir auf, dass Evelyn unangenehm roch. Vielleicht hatte sie mich deshalb immer an eine Pflanze erinnert, an eine Topfpflanze, der irgend etwas fehlt, Licht oder Dünger, oder die zu viel gegossen wird.

Danach war Evelyn wieder sehr schweigsam, aber als ich aufstand, um zu gehen, begann sie plötzlich zu sprechen.

»Ich bekomme diese Briefe«, sagte sie, »von einem Mann. Er scheint mich zu kennen. Ich weiß nicht.«

Ein Mann, der sich Bruno Schmid nenne, schreibe ihr seit Monaten Briefe, sagte sie, und ich war mir nicht sicher, ob sie sich nur wichtig machen wollte. Aber sie schien wirklich beunruhigt.

»Ich habe sie versteckt«, sagte sie und holte aus dem Bücherregal eine kleine, mit Marmorpapier eingeschlagene Schachtel. Darin lag ein Bündel Briefe. Sie nahm den obersten heraus und reichte ihn mir. Ich las.

»Liebes Fräulein Evelyn,
Sie gefallen mir, ich empfinde Ihre Nähe als angenehm.
Sind wir in Gefahr zu wollen, was wir nicht wissen? Es
soll nicht zur Sünde und nicht zum Tod führen. Wegen
der Gefahren brauchen Kinder Eltern. Den Mahnungen
entkomme ich zeit meines Lebens nicht. Mein Glaube
nimmt einen Teil meiner Zeit und auch meines Geldes in
Anspruch. Aber es bleibt viel, das ich teilen möchte. Ich
ahne, dass Sie eine Hoffnung in jemanden haben, und
würde davon ganz gern erfahren. Ich weiß noch nicht,
was mir davon möglich sein wird.
Viele Grüße ...«

»Er schreibt immer dasselbe«, sagte Evelyn und schaute mich bittend an.

»Ein armer Irrer«, sagte ich.

»Was meint er damit, es soll nicht zum Tod führen?«

»Das Leben führt immer zum Tod«, sagte ich. »Ich glaube nicht, dass er gefährlich ist.«

»Manchmal möchte ich, dass ich schon alt wäre. Dann wäre das alles vorbei. Diese Unruhe.«

»Hast du Angst vor ihm?«

»Die Welt ist voll von Verrückten.«

Ich fragte sie nach den Puppen, um sie abzulenken. Sie sammle Puppen in Nationaltrachten, sagte sie. Sie habe schon dreißig verschiedene, die meisten habe sie von ihren Eltern bekommen, die viel reisten.

»Hast du schon eine neue Stelle?«, fragte sie.

»Ich wollte eigentlich eine Weltreise machen.«

»Vielleicht kannst du mir ja eine Puppe mitbringen«, sagte sie. »Ich würde sie natürlich bezahlen.«

Dann verschwand sie in der Toilette und kam lange nicht zurück. Als ich ging, küsste ich Evelyn auf die Wangen.

»Sehen wir uns wieder?«, fragte sie.

»Ich weiß nicht genau, wann ich abreise«, sagte ich.

»Du kannst es ja versuchen. Ob ich noch da bin.«

Zwei Wochen später rief Evelyn an. Ich hatte meine Pläne für die Weltreise inzwischen aufgegeben und mich entschlossen, statt dessen für einige Wochen nach Südfrankreich zu fahren. Evelyn fragte, ob ich Lust hätte, zum Essen zu kommen. Sie habe ein paar Leute eingeladen.

»Kollegen aus dem Geschäft«, sagte sie. »Es ist mein dreißigster Geburtstag. Bitte komm.«

Obwohl ich keine Lust hatte, meine ehemaligen Kollegen wiederzusehen, sagte ich zu. Es war mir, als schulde ich Evelyn etwas.

Als ich am verabredeten Abend zu ihr kam, war noch niemand da. Evelyn trug einen kurzen Rock, der ihr nicht stand, und darüber eine altmodische Schürze.

»Ich musste heute Morgen Klinken putzen«, erzählte sie. »Das war eine Idee von Max. Er hat das aus Deutschland. Wenn eine Frau dreißig wird und noch nicht verheiratet ist, muss sie Klinken putzen.«

Sie erzählte, dass einige der Kollegen die Klinken im ganzen Geschäft mit Senf eingeschmiert hätten.

»Sie wollen das jetzt immer machen«, sagte sie. »Chantal ist die Nächste. Und die Männer müssen die Treppe wischen. Man darf erst aufhören, wenn man geküsst wird.«

Sie sagte, es sei schlimm gewesen, aber ich hatte den Eindruck, sie habe sich doch über die Aufmerksamkeit der anderen gefreut. Sie zeigte mir eine lange Kette aus kleinen Papierschachteln, die sie sich habe umhängen müssen.

»Weil ich jetzt eine alte Schachtel bin«, sagte sie und lachte.

»Und wer hat dich geküsst?«, fragte ich.

»Max«, sagte sie, »nach zwei Stunden. Ich habe ihn eingeladen.«

Die übrigen Gäste kamen miteinander, Max und seine Freundin Ida, Evelyns Chef Richard und seine Frau Margrit. Sie waren in fröhlicher Stimmung. Max sagte, sie hätten schon einen Aperitif getrunken in einer Bar in der Nähe. Sie hätten alle zusammen ein Geschenk gekauft. Er reichte Evelyn eine Schachtel, und die vier begannen zu singen: »*Happy birthday to you.*«

Evelyn wurde rot und lächelte verlegen. Sie wischte die Hände an ihrer Schürze ab und schüttelte das Paket.

»Was kann das nur sein?«, sagte sie.

In der Schachtel lag ein Kochbuch, »Rezepte für Verliebte« oder »Kochen für zwei« oder so ähnlich.

»Es ist noch etwas drin«, sagte Max. Evelyn hob das zerknüllte Seidenpapier hoch. Darunter lag ein Vibrator in Form eines riesigen, grellorangen Penis. Sie schaute starr in die Schachtel, ohne das Gerät zu berühren.

»Das war eine Idee von Max«, sagte Richard. Er war verlegen, aber Margrit, eine stark geschminkte, vielleicht fünfzigjährige Frau, lachte schrill und sagte: »Das braucht jede Frau. Wenn du mal verheiratet bist, erst recht.«

»Den habe ich aus Idas Sammlung«, sagte Max, und Ida sagte: »Max, du bist schrecklich. Nein, ich habe so was nicht.«

»Nicht mehr«, sagte Max, »jetzt nicht mehr. Batterien sind auch dabei.«

»Ich muss in die Küche«, sagte Evelyn, »sonst brennt das Essen an.«

Sie legte das Seidenpapier zurück in die Schachtel, schloss den Deckel und verschwand.

»Ich habe ja gesagt, das ist eine blöde Idee«, flüsterte Richard.

»Ach was«, sagte Max, »das wird ihr guttun. Du wirst sehen, in einem Monat ist sie ein anderer Mensch.«

Margrit lachte wieder schrill, und Ida sagte: »Max, du bist ein Schwein.«

»Aber jetzt hat Evelyn ja dich«, sagte Max zu mir.

Dann begannen sie, sich über die Firma zu unterhalten, und ich ging in die Küche, um Evelyn zu helfen.

Sie hatte sich große Mühe gegeben, aber das Essen war nichts Besonderes. Trotzdem war die Stimmung gut. Max erzählte schmutzige Witze, über die Richard und seine Frau ausgelassen lachten. Ida schien schon nach dem ersten Glas Wein betrunken zu sein und sagte nicht mehr viel, nur dass Max schrecklich sei. Evelyn war damit beschäftigt, das Essen auf- und das schmutzige Geschirr abzutragen. Ich langweilte mich. Nach dem Essen tranken wir Tee und Pulverkaffee. Dann sagte Max, wir sollten Evelyn jetzt allein lassen, sie sei sicher schon ganz begierig, ihr Geschenk auszuprobieren. Die vier standen auf und zogen ihre Mäntel an. Ich sagte, ich würde Evelyn beim Abwasch helfen. Max machte eine anzügliche Bemerkung, und Ida sagte, er sei ein Schwein. Evelyn brachte sie zur Haustür, und ich hörte aus dem Treppenhaus lautes Lachen und dann die Tür, die mit einem Knall ins Schloss fiel.

»Das Geschirr wasche ich morgen ab«, sagte Evelyn, als sie zurückkam. Dann sagte sie, sie wolle sich frischmachen. Es war ein Satz wie aus einem Film oder einem schlechten Roman. Ich wusste nicht, was er bedeutete und was ich darauf hätte sagen sollen. Sie verschwand im Badezimmer, und ich wartete. Ich wollte Musik machen, aber ich fand keine CD, die ich hören mochte, und so ließ ich es bleiben. Ich nahm einen Bildband über die Kalahari aus dem Gestell und setzte mich aufs Sofa. Ich wünschte mir, irgendwo anders zu sein, am liebsten zu Hause.

Einmal hörte ich Evelyn vom Badezimmer ins Schlafzimmer gehen, dann kam sie endlich zurück ins Wohnzimmer. Sie war nur noch in Unterwäsche, weißer Unterwäsche aus einem festen, seidig glänzenden Material. An den Füßen trug sie Hausschuhe. Sie blieb in der Tür stehen, lehnte sich an den Rahmen und stellte ein Bein leicht angewinkelt vor das andere. Ich hatte eben Bilder von Erdmännchen angeschaut, dünnen, katzenartigen Tieren, die auf Erdhügeln standen und in die Weite schauten. Ich legte das Buch neben mich auf das Sofa. Wir schwiegen. Evelyn wurde rot und schaute zu Boden. Dann sagte sie: »Möchtest du noch einen Kaffee? Ich glaube, es ist noch heißes Wasser da.«

»Ja«, sagte ich.

Sie verschwand in der Küche. Ich folgte ihr. Sie nahm das Glas mit dem Pulverkaffee vom Gestell, und ich hielt ihr meine Tasse hin. Sie schüttete zu viel Pulver hinein und goss heißes Wasser nach. In der Tasse bildeten sich ölig schimmernde Schlieren. Ich sah, dass Evelyn Tränen in den Augen hatte, aber wir sagten beide nichts. Ich setzte mich an den Küchentisch, und sie setzte sich mir gegenüber. Zusammengesunken saß sie auf ihrem Stuhl, hielt die Augen geschlossen und zitterte. Ich schaute sie an. Ihr Büstenhalter war zu groß. Die beiden gewölbten Schalen standen wie Schilde von ihren Brüsten ab. Wieder fiel mir Evelyns unangenehmer Geruch auf.

»Bist du homosexuell?«, fragte sie.

»Nein«, sagte ich und dachte, ich wäre gern betrunken.

»Ich habe Kopfschmerzen.«

»Ist dir nicht kalt?«

»Nein«, sagte sie. Sie stand auf und kreuzte die Arme

vor der Brust, so dass ihre Hände auf den Oberarmen lagen. Ich folgte ihr, als sie ins Schlafzimmer ging. Sie legte sich aufs Bett und begann, lautlos in das Kopfkissen zu weinen. Ihr Körper zuckte krampfhaft. Ich setzte mich auf die Bettkante.

»Was hast du?«, fragte ich.

»Ich weiß nicht«, sagte sie.

Ich fuhr mit meiner Hand über ihren Rücken und über ihre Beine bis zu den Füßen.

»Du hast einen schönen Rücken«, sagte ich.

Evelyn schluchzte laut auf, und ich sagte: »Auch ein schöner Rücken kann entzücken.«

Sie drehte sich um und lag einen Moment lang ganz entspannt vor mir, die Arme seitlich am Körper. Sie atmete langsam und tief und schaute zur Decke. Dann sagte sie: »Es ist nicht gut. Und es wird nicht besser.«

»Du darfst nicht zu viel erwarten«, sagte ich. »Glück heißt, das zu wollen, was man kriegt.«

»Ich will ein Glas Wein«, sagte sie und schnupfte und richtete sich mühsam auf. Neben ihrem Bett lag eine Schachtel Kleenex, und sie zog eines heraus und putzte sich damit die Nase. Dann stand sie auf und ging zum Stuhl, über dem ihr Kleid hing. Sie zögerte kurz, dann nahm sie ein Paar Jeans und eine Bluse aus dem Schrank. Ich schaute zu, wie sie sich mit routinierten Handbewegungen anzog. Als sie etwas in die Knie ging und mit beiden Händen die Strümpfe an den Beinen glattstrich, hatte ich einen Moment lang Lust, mit ihr zu schlafen.

»Am schönsten sind wir, wenn wir tun, was wir können«, sagte ich, »was wir immer getan haben.«

Evelyn drehte sich zu mir um und sagte, während sie ihre Jeans zuknöpfte: »Aber ich mag nicht, was ich tue. Und was ich bin, mag ich noch weniger. Und es wird nur immer schlimmer.«

Wir gingen wieder in das Wohnzimmer, und sie holte eine Flasche Wein aus der Küche. Dann ging sie zur Stereoanlage, zog einige CDs aus dem Gestell und legte sie wieder zurück. Dann schaltete sie das Radio ein. Es lief ein Stück von Tracy Chapman. Ich ging zur Toilette. Vom Flur aus hörte ich, wie Evelyn leise mitsang: »*Last night I heard a screaming …*«

Sie sang nicht gut, und als ich wieder in die Stube trat, hörte sie auf.

»Ich muss jetzt nach Hause«, sagte ich. »Geht es?«

»Ja«, sagte sie, »es geht. Tust du mir einen Gefallen?«

Sie holte die Schachtel mit dem Vibrator und drückte sie mir in die Hand.

»Wirf das irgendwo in eine Mülltonne. Ich möchte es heute Nacht nicht in der Wohnung haben.«

»Die Batterien?«, fragte ich. Sie antwortete nicht.

»Ja«, sagte ich, »du musst mich nicht nach unten bringen.«

Als ich mich auf dem Treppenabsatz umdrehte, stand Evelyn noch in der offenen Tür. Ich winkte, und sie lächelte und winkte auch.

Brook Schumm, Jr.

marl

moor
cord-twisted?

Das reine Land

Als ich einzog, war das einzige Fenster des Zimmers so schmutzig, dass der Raum selbst am Mittag im Zwielicht lag. Noch bevor ich meinen Koffer auspackte, putzte ich das Fenster. Als Chris am Abend nach Hause kam, lachte er und rief Eiko.

»Schau, was unser Gast gemacht hat«, sagte er.

»Die Schweizer sind sehr sauber«, sagte Eiko.

Ich lachte. Das war im April. Ich war nach New York gekommen, weil ich von der Schweiz genug hatte. Mit viel Glück hatte ich für ein halbes Jahr eine Stelle in einem Reisebüro gefunden, das einer Schweizerin gehörte. Aber ich wurde so schlecht bezahlt, dass ich mir nur ein billiges Zimmer leisten konnte. Das Haus lag an der Ecke Tieman Street und Claremont Avenue, am Rand von Spanish Harlem. Auf der anderen Straßenseite standen hohe, heruntergekommene Backsteinhäuser, in denen fast nur Hispanics wohnten.

Während der ersten Woche ging ich jeden Abend mit meinen Arbeitskollegen in irgendeine Bar. An den

Wochenenden war ich meistens allein. Dann waren Chris und Eiko bei Freunden oder in der Stadt, und die Wohnung war still und leer.

An einem regnerischen Sonntagmorgen machte ich mich auf, das Viertel zu erkunden. Ich ging den Riverside Drive hinunter nach Süden. Der Verkehr war dicht, aber Fußgänger gab es kaum, und ich genoss es, allein zu sein. In der Nähe der 100th Street entdeckte ich in einer Hausnische die überlebensgroße Statue eines buddhistischen Mönchs. Er stand barfuß da, hinter einem schwarzen Gitterzaun, und schaute hinaus auf den Hudson River. Es begann, stärker zu regnen, und ich kehrte um.

Im Geschäft, unten im Gebäude, kaufte ich die Sonntagsausgabe der *New York Times* und verbrachte den Rest des Tages damit, die Zeitung zu lesen. Als ich mich gegen Abend auf die Fensterbank setzte, um eine Zigarette zu rauchen, fiel mir im Haus gegenüber ein rot erleuchtetes Fenster auf. Dort sah ich eine schlanke Frauensilhouette, die sich über eine Stehlampe beugte und sie ausmachte. Kurz darauf blitzte im Hintergrund des Raumes ein helles Licht auf. Danach blieb das Fenster dunkel.

Ich dachte nicht mehr an die Frau im Haus gegenüber, als ich mich einige Tage später ans Fenster setzte, um zu rauchen. Wieder war ihr Zimmer erleuchtet von der roten Stehlampe, und wieder sah ich sie. Sie bewegte sich langsam, als tanze sie. Ihr Fenster war geöffnet, aber ich hörte keine Musik, nur den Verkehr vom nahen Broadway und dann und wann die U-Bahn auf ihrem Viadukt vorüberfahren. Ich rauchte eine zweite Zigarette. Die Frau hatte aufgehört zu tanzen. Als sie das Fenster schloss, glaubte ich kurz, sie schaue zu mir herüber. Aber sie war wohl zwanzig Meter entfernt, und im roten Licht konnte ich nur ihre Konturen erkennen. Sie legte einen Schleier über die Lampe, dann verschwand sie aus dem Ausschnitt des Zimmers, der von mir aus zu sehen war.

Unten auf der Straße schaukelten einige Kinder parkende Autos, bis die Alarmanlagen losgingen. In den Lärm der Stadt mischte sich das Heulen der Sirenen, aber niemand schien sich darum zu kümmern. Ich warf die Zigarettenkippe auf die Straße, schloss das Fenster und legte mich hin.

Chris stammte aus Alabama. Er lebte seit Jahren in New York. Er war Politologe und hatte eine schlechtbezahlte Stelle bei einer kirchlichen Organisation. Eiko studierte noch. Sie sei Heidin, sagte sie, um Chris zu ärgern. Sie war überzeugte Marxistin und Feministin.

»Wenn meine Mutter anruft«, sagte Eiko einmal, »sag nichts von Chris. Sie weiß nicht, dass ich einen Freund habe. Ich habe gesagt, ihr seid schwul.«

Chris lachte, und ich lachte auch. »Und wenn sie vorbeikommt?«, fragte ich.

»Meine Eltern wohnen auf Long Island«, sagte Eiko, »sie kommen nie nach Manhattan.«

Manchmal trank ich ein Bier mit Chris. Dann klagte er über Eikos politische Ansichten, über ihre Starrköpfigkeit und darüber, dass sie so ganz andere Vorstellungen von einer Beziehung habe als er. Er liebte sie sehr, aber er war sich ihrer Liebe nicht sicher. »Sie glaubt an nichts«, sagte er, »auch nicht an mich.«

Ich hatte aufgehört, mit meinen Kollegen auszugehen. Nach der Arbeit fuhr ich nun meist gleich nach Hause. Dann setzte ich mich ans Fenster und rauchte und sah manchmal meine Tänzerin.

Es wurde Sommer und unerträglich heiß in den Straßen. Eiko fuhr für drei Monate nach Japan. Bevor sie abreiste, luden sie und Chris mich zum Abendessen ein.

»Du musst auf Chris aufpassen, wenn ich weg bin«, sagte Eiko. »Er ist so unselbständig.«

Wir tranken kalifornischen Wein und redeten bis lange nach Mitternacht.

»Chris ist pervers«, sagte Eiko. »Er liebt Country-music.«

Chris wurde verlegen. »Meine Eltern haben immer Country gehört. Es sind nur Erinnerungen. Ich mag die Musik nicht wirklich.«

»Das musst du dir anhören«, sagte Eiko. »*Home, sweet home.*«

Sie legte eine Kassette ein. Chris protestierte, aber er rührte sich nicht.

»*No more from that cottage again will I roam, Be it ever so humble, there 's no place like home*«, sang eine tiefe Stimme.

Ich hatte Eiko noch nie so herzlich lachen gehört. Auch ich lachte, und schließlich lachte auch Chris, zögernd und etwas verschämt.

Mir war schwindlig vom Wein, von den vielen Zigaretten und vom langen Reden, als ich gegen zwei Uhr morgens in mein Zimmer kam. Aber ich bemerkte sofort, dass im Fenster gegenüber noch Licht war. Als ich meine letzte Zigarette rauchte, sah ich, wie die Tänzerin sich wieder über die Lampe beugte und sie ausmachte. Ich schaute noch eine Weile hinüber, dann machte auch ich das Licht aus und legte mich schlafen.

Eiko war abgereist, und Chris kam nun oft erst spät nach Hause. Manchmal merkte ich, dass er getrunken hatte. »Ich vermisse sie«, sagte er.

Der 1. August war ein Montag. Meine Chefin organisierte die Feier des Schweizer Clubs und gab uns den Nachmittag frei. Ich fuhr mit meinen Kollegen an den Strand, der jetzt, während der Woche, fast leer war. Wir badeten, und als es Abend wurde, zündeten wir hinter einer Düne ein Feuer an und grillten Steaks. Jemand hatte einen Kassettenrecorder mitgebracht und spielte Schweizer Rockmusik.

Ich aß mein Steak und ging dann über die Düne und den breiten Strand ans Meer hinunter. Der Himmel, der Sand und das Meer hatten jetzt fast dieselbe Farbe, ein dunkles Rosa oder Hellbraun. Ich zog mich aus, ging ins Wasser und schwamm weit hinaus, bis ich hinter den Wellen das Land nicht mehr sah. Es war mir, als könne ich immer weiterschwimmen, bis nach Europa. Und zum ersten Mal, seit ich hier war, wünschte ich mir heimzukehren. Plötzlich bekam ich Angst, nicht mehr ans Land zurückzukommen, und ich kehrte um und schwamm zurück. Als ich wieder über die Düne ging, hörte ich jemanden flüstern. Dann sah ich einen meiner Kollegen mit seiner Freundin im Sand liegen. Sie war vor kurzem nach Amerika gekommen, um ihn zu besuchen, und die beiden hatten schon den ganzen Abend verliebt getan.

Ich kam erst nach Mitternacht nach Hause. Es brannte kein Licht in der Wohnung, und es war sehr still. Es roch nach Marihuana. In der Küche stapelte sich schmutziges Geschirr.

Mitte August fuhr Chris in die Ferien. Er wollte seine Eltern in Alabama besuchen.

»Pass auf dich auf«, sagte ich.

Er lachte. »Meine Mutter passt schon auf mich auf. Du wirst sehen, wenn ich zurückkomme, bin ich zehn Pfund schwerer.«

Die Hitze ließ nun auch in der Nacht nicht mehr nach. Das Zentrum der Stadt war voller Touristen, aber die Untergrundbahn war weniger voll als sonst. In meinem Viertel waren bis spät in die Nacht Samba und Salsa zu hören. Überall saßen Menschen auf den Treppen vor ihren Häusern und redeten. Die jungen Männer standen in Gruppen herum und lehnten sich an Autos, die ihnen nicht gehörten. Die jungen Frauen spazierten zu zweit oder dritt hin und her und schauten sich lachend nach den Männern um und riefen ihnen manchmal ein paar Worte zu. Paare waren kaum zu sehen. Ich hatte lange nicht an meine Tänzerin gedacht, aber jetzt schaute ich mir die Frauen auf der Straße an und überlegte, welche von ihnen sie sein könnte.

Einmal kam eine Postkarte von Eiko. Die Karte war an Chris adressiert, aber ich las sie trotzdem. Es stand nichts Persönliches darauf. Die Karte endete: »*Love, Eiko.*«

An einem Abend gegen Ende des Monats saß ich im Zwielicht in meinem Zimmer. Da hörte ich von draußen das Heulen von Sirenen näher als je zuvor. Ich schaute aus dem Fenster und sah Feuerwehrautos, die in unsere Straße einbogen. Männer in Schutzkleidung sprangen von den Wagen, blieben dann aber nur untätig stehen. Sie nahmen ihre schwarzen Helme ab und wischten sich den Schweiß von der Stirn. Jeder für sich standen sie da, in einsamen Posen wie Statuen.

Viele Menschen waren zusammengelaufen, und einige der Feuerwehrmänner hatten die Straße abgesperrt. Sonst geschah nichts. Nach einer Weile verstummten die Sirenen. Ich wollte das Fenster schließen, da sah ich, dass auf der Feuerleiter am Haus gegenüber meine Tänzerin stand. Zum ersten Mal sah ich sie ganz, aber ihr Gesicht war in der Dämmerung nicht klar zu erkennen. Sie lehnte am Geländer und schaute zu mir herüber. Sobald ich sie entdeckte, wandte sie den Blick ab. Sie war schlank und nicht sehr groß. Ihr Haar war lang und schwarz und fiel, wie sie so vornübergebeugt stand, über ihre eine Schulter. Sie trug einen knielangen Rock und dazu ein enganliegendes Oberteil. Sie war barfuß. Als sie sich nach einiger Zeit umdrehte, um durch das Fenster zurück ins Zimmer zu steigen, fiel das Licht der roten Lampe kurz auf ihr Gesicht. Ich war mir sicher, dass ich sie noch nie auf der Straße gesehen hatte.

Nach Wochen andauernder Hitze wurde es kühler. Noch immer war der Himmel wolkenlos blau, aber es wehte jetzt meistens ein leichter Wind durch die Straßen der Stadt. Wenn ich am Wochenende mit Freunden an den Strand fuhr, waren die weiten Parkfelder hinter den Dünen fast leer. Dann legten wir uns flach in den Sand, um dem Wind auszuweichen, oder gingen, ohne uns auszuziehen, am Strand entlang und schauten zu, wie das graue Wasser den Sand aufwühlte.

Eines Tages, an einem einsamen Sonntag, entschloss ich mich, meine Tänzerin zu besuchen. Ich hatte seit zwei Tagen mit niemandem gesprochen und fühlte mich elend. Es war heller Nachmittag, als ich über die Straße ging. Vor dem Haus blieb ich stehen und zündete mir eine Zigarette an. Es begann zu regnen. Erst fielen ein paar dicke Tropfen auf die schiefen Betonplatten des Gehsteigs, dann brach der Regen los. Ich sprang in den kleinen gläsernen Vorbau, in dem die Klingeln waren und von dem aus eine zweite, abgeschlossene Tür ins Treppenhaus führte.

Draußen stürzte der Regen nieder. Es roch nach nassem Asphalt. Ich schaute durch das eiserne Gitter der Tür in die Eingangshalle, die still und dunkel dalag. Den Boden bedeckte ein Mosaik, das an manchen Stellen mit Zement notdürftig ausgebessert worden war. Die Wände waren ockerfarben gestrichen. Im Hintergrund sah ich die Tür eines Aufzugs und daneben eine enge Treppe, die, von einem schmutzigen Fenster schwach erleuchtet, nach oben führte. Irgendwo stand ein Kinderwagen und in einer Ecke ein verrostetes Fahrrad.

Eine Frau mit einem Hund trat aus dem Aufzug und kam durch die Halle auf mich zu. Sie öffnete die Tür, hielt sie für mich geöffnet und sagte: »Dieser Regen. Da haben Sie Glück gehabt. Wollen Sie zu jemandem?«

»Ich habe mich nur untergestellt«, sagte ich, »bis der Regen vorüber ist.«

»Ich wollte mit dem Hund raus«, sagte sie, »aber bei dem Wetter … Sie sind nicht von hier?«

»Aus der Schweiz«, sagte ich.

»Ein schönes Land«, sagte sie, »so sauber. Ich komme aus Puerto Rico. Aber ich wohne schon lange hier. Jahre.«

»Gefällt es Ihnen?«, fragte ich.

»In Puerto Rico konnte ich nicht leben, und hier kann ich auch nicht leben«, sagte sie. »Ich weiß nicht. Aus dem Spaziergang wird wohl nichts. Viel Glück.«

Sie ging zurück zum Lift und zog den Hund hinter

sich her. Ich hielt meinen Fuß in die Tür, dann zog ich ihn wieder heraus, und die Tür fiel ins Schloss. Als der Regen nachließ, rannte ich über die Straße zurück. Ich fror. Ich nahm eine heiße Dusche, aber es half nichts. In der Wohnung war es kalt und feucht.

Eine Woche später kam Chris zurück. Wir verbrachten einige schöne Abende zusammen, aßen und redeten bis spät in die Nacht. Am Tag bevor Eiko zurückkommen sollte, putzten wir zusammen die Wohnung und hörten Countrymusic.

»Erzähl ihr bitte nicht, dass ich Marihuana geraucht habe«, sagte Chris.

»Natürlich nicht«, sagte ich, »es geht mich nichts an.«

»Wir sind Freunde«, sagte Chris. »Wir Männer müssen zusammenhalten.«

»Gegen wen?«, fragte ich und dachte, wir sind keine Freunde.

Chris lachte. »Früher habe ich mehr geraucht. Aber seit ich mit Eiko zusammen bin, habe ich fast ganz damit aufgehört. Sie mag es nicht. Und ich brauche es nicht, wenn sie da ist.«

Dann kam Eiko zurück, und Chris kümmerte sich nicht mehr um mich. Die beiden hatten nun oft Freunde zu Besuch, und ich ging ins Kino und blieb, wenn ich zu Hause war, meistens in meinem Zimmer. An den Wochenenden las ich manchmal den ganzen Tag und ging nur nach draußen, um Bier zu kaufen oder Essen beim chinesischen Take Away. Mein Interesse an der Tänzerin hatte nachgelassen. Ich versuchte, nicht an sie zu denken. Manchmal sah ich sie noch. Sie saß nun oft im Hintergrund des Zimmers, wo ich sie nur vage erkennen konnte.

Als ich eines Abends an meinem Fenster saß und rauchte, rief jemand von der Straße etwas zu mir herauf. Ich schaute hinunter und sah eine junge Frau mit einem Pudel auf dem Gehsteig stehen. Sie winkte.

»Ich komme für meine Freundin«, rief sie. »Sie wohnt dort drüben und sieht Sie immer am Fenster.«

»Ja«, rief ich, »ich sehe sie auch.«

»Sie möchte Sie gerne kennenlernen«, rief die Frau, und, als müsse sie die Freundin verteidigen: »Sie wollte nicht, dass ich zu Ihnen komme.«

»Ja«, rief ich. Ich war wie gelähmt. Wir schwiegen.

Dann sagte die Frau: »Sie heißt Margarita. Wollen Sie ihre Telefonnummer?«

Sie gab mir die Nummer und sagte noch einmal: »Sie wollte nicht, dass ich mit Ihnen spreche.«

»Sicher«, sagte ich, »es ist nett, dass Sie gekommen sind.«

Ich schaute hinüber zum Fenster mit der roten Lampe, aber ich konnte die Tänzerin nicht sehen. Ich setzte mich auf mein Bett und atmete ein paarmal tief durch. Dann nahm ich das Telefon vom Nachttisch und wählte die Nummer.

»Hallo«, hörte ich eine warme Frauenstimme.

»Hallo«, sagte ich. »Ich bin der Mann vom Fenster.«
Das Mädchen lachte verlegen.

»Deine Freundin hat mir die Telefonnummer gegeben.«

»Ich wollte nicht«, sagte sie leise.

»Sollen wir uns treffen?«, fragte ich.

»Ja«, sagte sie. »Ich heiße Margarita.«

»Ich weiß«, sagte ich.

»Jetzt gleich?«

»Immer«, sagte sie. Ihr Englisch war sehr schlecht.

»Wir können ein Bier trinken gehen.«

Sie zögerte. Dann sagte sie: »Morgen.«

»Dann warte ich um acht vor deinem Haus«, sagte ich.
»Ist das gut?«

»Ja. Das ist gut.«

»Gute Nacht, Margarita.«

»Gute Nacht«, sagte sie.

Ich war den ganzen nächsten Tag nervös und überlegte,
ob ich zu der Verabredung gehen sollte. Um acht wartete
ich vor Margaritas Haus, aber sie kam nicht. Ich wartete
eine Viertelstunde, dann ging ich in mein Zimmer und
wählte ihre Nummer. Ich stellte mich ans Fenster und
ließ die Straße nicht aus den Augen.

Margarita nahm ab. »Hallo«, sagte sie.

»Hallo«, sagte ich. »Wir wollten ein Bier trinken gehen.«

»Jetzt?«, sagte sie erstaunt.

»Es ist acht Uhr.«

»Acht Uhr.«

»Ja.«

»Bist du am Fenster?«, fragte sie. »Warte, ich winke.«

Ich schaute zum Zimmer der Tänzerin, aber ich sah nur die schwachen Umrisse der Stehlampe. Dann hörte ich wieder Margaritas Stimme am Telefon.

»Hast du mich gesehen?«, fragte sie.

»Nein«, sagte ich.

»Zuoberst«, sagte sie, »in der Mitte. Achtung, noch einmal.«

»Ja, natürlich«, sagte ich erschrocken.

Ich schaute zum obersten Stockwerk des gegenüberliegenden Hauses, aber konnte noch immer niemanden sehen. Dann endlich sah ich zwei Häuser weiter jemanden an einem Fenster stehen und mit beiden Armen gestikulieren.

»Hast du mich gesehen?«, fragte Margarita kurz darauf.

»Ja.«

»Ich komme jetzt herunter.«

»Ja«, sagte ich. »Ich bin auch gleich da.«

Margarita war hübsch und ziemlich klein. Sie trug Jeans und eine bunte Bluse. Ich kann nicht behaupten, dass sie mir nicht gefiel, aber sie war mir fremd. Sie war nicht die Frau, die ich seit Monaten zu kennen glaubte. Wir gingen nebeneinander die Straße hinunter. Als wir in den Broadway einbogen, kam uns Chris entgegen. Es blieb mir nichts übrig, als die beiden einander vorzustellen. Chris lächelte und wünschte uns einen schönen Abend.

Wir gingen in die erstbeste Bar und setzten uns an einen Tisch. Es war laut. Margarita verstand nur wenig Englisch. Sie erzählte, sie komme aus Costa Rica und sei seit zwei Monaten in den Vereinigten Staaten. Sie wohne bei ihrer Schwester und deren Mann. Beide arbeiteten, und sie sei den ganzen Tag über allein in der Wohnung. Sie langweile sich sehr. Als ich fragte, ob sie Arbeit suche, wurde sie misstrauisch und sagte, sie sei hier in den Ferien.

»Was machst du den ganzen Tag?«, fragte ich.

»Ich gehe an den Strand«, sagte sie. »In Costa Rica gibt es sehr schöne Strände.«

»Auch New York hat schöne Strände«, sagte ich.

Sie lachte und schüttelte ungläubig den Kopf. »Palmen«, sagte sie, »in Costa Rica. Und der Sand ist ganz weiß.«

Ich fragte, wie lange sie hier bleiben werde, und sie sagte, sie wisse es nicht. Ich erzählte ihr, dass ich aus der Schweiz käme, aber sie wusste nicht, wo das war. Das Gespräch stockte, und wir saßen uns stumm gegenüber, schauten uns an und tranken unser Bier. Einmal nahm ich Margaritas Hand in meine, dann ließ ich sie wieder los. Sie lächelte mich an, und ich lächelte zurück.

Wir trennten uns vor ihrem Haus. Ich ginge bald zurück in die Schweiz, sagte ich, es tue mir leid. Margarita lächelte. Sie schien zu verstehen.

»Danke für das Bier«, sagte sie.

»Viel Glück«, sagte ich.

In den nächsten Tagen mied ich das Fenster. Wenn ich rauchen wollte, ging ich nach draußen und spazierte durch den Riverside Park. Wenn es regnete, stellte ich mich beim Grabmal des General Grant unter. Manchmal ging ich bis zur 100th Street und stand lange vor der Statue des buddhistischen Mönchs. Auf der Bronzetafel darunter hieß es, die Statue stelle Shinran Shonin dar, den Gründer der Wahren Sekte des Reinen Landes. Sie stamme aus Hiroshima und habe dort den Abwurf der Atombombe unbeschadet überstanden. Am Abend fragte ich Eiko nach der Wahren Sekte des Reinen Landes.

»Willst du Buddhist werden?«, fragte sie.

»Nein«, sagte ich. »Ich möchte nicht wiedergeboren werden.«

Eiko sagte, nach der Lehre Shinrans reiche es, den Namen Amida Buddhas auszusprechen, um in das Reine Land zu gelangen.

»Glaubst du, dass es das gibt, ein Reines Land?«, fragte ich.

»Die Schweiz«, sagte Eiko und lachte. Dann zuckte sie mit den Achseln. »Es würde das Leben leichter machen, wenn man daran glauben könnte.«

»Ich weiß nicht«, sagte ich. Und Eiko sagte: »Hoffnungsvoller.«

Meine Abreise war nun schon so nahe gekommen, dass sie mich lähmte. Ich hatte noch ein paar freie Tage und zog mit meinem Fotoapparat durch die Stadt, um einige Orte zu fotografieren, an die ich mich erinnern wollte, mein Viertel, mein Stammlokal, die Fähre nach Staten Island und das Geschäftsviertel, in dem ich gearbeitet hatte. Aber es war, als entgleite mir die Stadt, während ich sie fotografierte, als erstarre sie schon jetzt zum Bild, zur Erinnerung.

Einmal überkam mich ganz plötzlich das Gefühl, zu Hause zu sein. Zuerst konnte ich mir nicht erklären, weshalb, dann merkte ich, dass ich zum ersten Mal, seit ich in New York war, Kirchenglocken hörte.

Am Tag vor meiner Abreise schneite es. Innerhalb weniger Stunden legte sich eine dicke Schneedecke auf die Stadt. Im Radio kamen Meldungen über ausgefallene Subway-Linien und Staus auf den Ausfallstraßen. Aus Monmouth und Far Rockaway wurde Hochwasser gemeldet. Chris, der mit Eiko auf einer Party bei Freunden war, rief an und sagte, sie würden auswärts übernachten und mich vor meiner Abreise nicht mehr sehen.

»Ich werde euch besuchen«, sagte ich.

»Sicher«, sagte Chris. »Viel Glück.«

Ich hatte meine Sachen schon gepackt und schaute fern, um die Zeit totzuschlagen. Auf allen Kanälen liefen Sendungen über das Hochwasser und den Schnee. Irgendwann setzte ich mich dann noch einmal ans Fenster und rauchte. Im Fenster der Tänzerin war kein Licht, und auch nicht bei Margarita. Unten auf der Straße spielten Kinder im Schnee. Ich schaute ihnen zu und dachte an meine eigene Kindheit und daran, wie wir im Schnee gespielt hatten. Und ich war froh, zurück in die Schweiz zu fahren.

Dann entdeckte mich eines der Kinder und warf zaghaft einen Schneeball in meine Richtung. Die anderen schauten zu mir herauf. Sie unterbrachen ihr Spiel und warfen nun alle ihre Schneebälle nach mir. Sie schafften kaum die Höhe, aber einer der Schneebälle zerplatzte direkt unter mir, und Schnee spritzte in mein Gesicht. Ich schloss das Fenster und trat einen Schritt zurück in den Schatten. Bald darauf nahmen die Kinder draußen ihr Spiel wieder auf. Sie schienen mich schon vergessen zu haben.

Blitzeis

Ich war erstaunt, wie klein das Herz war. Es lag in der offenen Brust des Patienten und schlug schnell und regelmäßig. Die Rippen wurden von zwei Metallzwingen auseinandergehalten. Der Chirurg hatte durch eine dicke Fettschicht schneiden müssen, und ich wunderte mich, dass die Wunde nicht blutete. Zwei Stunden dauerte die Operation, dann wurden die grünen Tücher entfernt, mit denen der Patient zugedeckt war. Vor uns lag ein alter Mann nackt auf dem Operationstisch. Eines seiner Beine war am Unterschenkel amputiert, und über den Bauch verliefen drei große Narben von früheren Eingriffen. Die Arme des Mannes waren weit ausgebreitet und festgebunden worden, als solle er jemanden umarmen. Ich wandte mich ab.

»Interessant?«, fragte der Chirurg, als wir später zusammen Kaffee tranken.

»Das Herz ist so klein«, sagte ich. »Ich glaube, ich hätte das lieber nicht gesehen.«

»Klein, aber zäh«, sagte er. »Ursprünglich wollte ich Psychiatrie machen.«

Ich war in die Klinik gekommen, um über den Fall einer jungen Patientin zu schreiben. Sie war an Tuberkulose erkrankt und hatte sich während der Behandlung in einer anderen Lungenklinik mit einer unheilbaren Form der Krankheit angesteckt.

Erst hatte die Patientin zugesagt, mit mir zu reden, aber als ich in die Klinik kam, sagte sie doch ab. Ich wartete zwei Tage, spazierte durch den Park, schaute zu ihrem Fenster hoch und hoffte, dass sie mich sehen würde. Am zweiten Tag fragte mich der Chefarzt, ob ich bei einer Operation zuschauen wolle, um mir die Wartezeit zu verkürzen. Am Morgen des dritten Tages rief der Stationsarzt der Tuberkuloseabteilung mich im Hotel an und sagte, seine Patientin sei jetzt bereit, mich zu sprechen.

Die Abteilung war in einem abseits stehenden, alten Gebäude untergebracht. Auf den großen, überdeckten Balkonen war niemand zu sehen. An den Fenstern und drinnen, in den Fluren, hingen schon Weihnachtsdekorationen. Ich las die Notizen am Anschlagbrett, Anzeigen eines mobilen Friseurs und einer Fernsehvermietung. Eine Schwester half mir in eine grüne, am Rücken geknöpfte Schürze und reichte mir einen Mundschutz.

»Larissa ist nicht wirklich gefährlich«, sagte sie, »solange Sie nicht angehustet werden. Aber sicher ist sicher.«

»Ich würde gern mit Ihnen reden«, sagte ich. »Wenn Sie an einem der nächsten Abende Zeit haben …«

Larissa saß auf dem Bett. Ich wollte ihr die Hand reichen, zögerte und sagte dann nur guten Tag. Ich setzte mich. Larissa war blass und sehr dünn. Ihre Augen waren dunkel, ihr dichtes schwarzes Haar ungekämmt. Sie trug einen Trainingsanzug und rosarote Frottee-Hausschuhe.

Wir redeten nicht lange bei unserem ersten Treffen. Larissa sagte, sie sei müde und fühle sich nicht gut. Als ich ihr von mir erzählte und vom Magazin, für das ich arbeite, schien es sie kaum zu interessieren. Sie lese nicht mehr viel, sagte sie. Am Anfang habe sie gelesen, jetzt nicht mehr. Sie zeigte mir eine Puppe ohne Gesicht und mit nur einem Arm.

»Die ist für meine Tochter. Zu Weihnachten. Ich wollte sie ihr schon zum Geburtstag schenken, aber ich komme zu nichts. Immer will ich stricken, aber dann schaue ich fern, oder der Arzt kommt oder das Essen. Und am Abend bin ich wieder nicht weitergekommen. Und so geht das jeden Tag und jede Woche und jeden Monat.«

»Schön«, sagte ich.

Die Puppe war schrecklich. Larissa nahm sie mir aus der Hand, umarmte sie und sagte: »Ich kann nur stricken, wenn jemand bei mir ist. Wenn jemand bei mir wäre, könnte ich stricken.«

Dann sagte sie, sie wolle sich jetzt einen Film anschauen mit Grace Kelly und Alec Guinness. Sie habe ihn schon gestern gesehen, auf einem anderen Kanal. Grace Kelly sei eine Prinzessin, die in den Kronprinzen verliebt sei. Um ihn eifersüchtig zu machen, tue sie so, als liebe sie den Hauslehrer. Dieser aber sei schon seit langem in sie verliebt.

»Der Professor sagt, du bist wie eine Fata Morgana. Er sagt, man sieht ein schönes Bild und stürzt darauf zu, aber dann verschwindet es, und man wird es nie, nie wiedersehen. Und dann verliebt auch sie sich in ihn und küsst ihn auf den Mund. Nur einmal. Aber der Pater – das ist ein Onkel von ihr –, der sagt, wenn man merkt, dass man glücklich ist, ist das Glück schon vorbei. Und am Schluss heiratet sie doch den Kronprinzen. Und der Professor geht weg. Weil er sagt, du bist wie ein Schwan. Immer auf dem See, majestätisch und ruhig. Doch das Ufer wirst du nie betreten. Weil ein Schwan, wenn er ans Ufer geht, wie eine dumme Gans aussieht. Ein Vogel sein und niemals fliegen, sagt er, von einem Lied träumen, aber es niemals singen dürfen.«

Die Klinik lag etwas außerhalb der Stadt, mitten im Industriegebiet und direkt an einer Autobahn. Ich hatte ein Zimmer in einem Hotel in der Nähe genommen, einem hässlichen Neubau in rustikalem Stil. Die anderen Gäste hatte ich bisher nur beim Frühstück gesehen, die meisten schienen Vertreter zu sein. Später, als ich schon die Zeitung las, kam ein Paar in den Speisesaal. Sie war viel jünger als er, und er tat so verliebt, dass ich annahm, er sei verheiratet und sie seine Geliebte oder eine Prostituierte.

Im Keller des Hotels war eine Sauna, und an diesem Abend ließ ich mir die fünfzehn Mark auf die Hotelrechnung schreiben und ging hinunter. Ich kam in einen großen, ungeheizten Raum, der bis auf zwei Kraftgeräte und einen Tischtennistisch leer war. »Römisches Bad« stand an einer Tür. Drinnen tönte sanfte Musik aus Deckenlautsprechern. Die Wände und der Boden des Bades waren mit weißen Fliesen belegt. Niemand sonst war da. Ich setzte mich in die Saunakabine. Ich schwitzte, aber sobald ich hinausging, um zu duschen, fror ich.

Am nächsten Tag ging ich wieder zu Larissa. Sie sagte, sie fühle sich besser. Ich bat sie, etwas über sich zu erzählen, und sie sprach von ihrer Familie, von ihrer Heimat Kasachstan, von der Wüste dort und von ihrem Leben. Ich vermied es, sie auf ihre Krankheit anzusprechen, aber irgendwann begann sie von selbst, darüber zu reden. Nach zwei Stunden sagte sie, sie sei müde. Ich fragte sie, ob ich am nächsten Tag wiederkommen dürfe, und sie sagte ja.

Bevor ich das Zimmer verließ, blickte ich mich um und machte mir noch ein paar Notizen: »Ein Tisch, zwei Stühle, ein Bett, hinter einem gelbgeblümten Plastikvorhang ein Waschbecken, überall gebrauchte Papiertaschentücher, an der Wand Fotos von einem Kind und ein leerer Schokoladen-Adventskalender. Der Fernseher läuft ununterbrochen. Der Ton ist ausgeschaltet.« Larissa schaute mich fragend an.

»Atmosphäre«, sagte ich.

Als ich ins Hotel kam, war der Fotograf eingetroffen.

Ich hatte mich für den Abend mit Gudrun verabredet, der Schwester von der Tuberkuloseabteilung. Ich rief sie an und fragte, ob sie nicht eine Kollegin mitbringen könne. Wir aßen zu viert in einem griechischen Restaurant, der Fotograf und ich und die beiden Krankenschwestern, Gudrun und Yvonne.

»Wie lange rauchst du schon?«, fragte Yvonne, als ich mir nach dem Essen eine Zigarette anzündete.

»Zehn Jahre«, sagte ich. Sie fragte, wieviel ich rauche, und zusammen rechneten wir die Anzahl der Zigaretten aus, die ich in meinem Leben geraucht hatte.

»Immer noch besser als Tuberkulose«, sagte ich.

»Tb ist überhaupt kein Problem«, sagte Yvonne. »In sechs Monaten bist du geheilt. Und es steigert das Verlangen. Den Geschlechtstrieb.«

»Ist das wahr?«

»Sagt man. Vielleicht war das nur früher so. Als die Leute noch daran starben. Torschlusspanik.«

»Er schreibt über Larissa«, sagte Gudrun.

»Ein schlimmer Fall«, sagte Yvonne und schüttelte den Kopf.

»Ich habe keine Angst gehabt, mich anzustecken«, sagte ich.

»Wir gehen auch oft ohne Mundschutz rein«, sagte Yvonne.

Yvonne gefiel mir besser als Gudrun, die sich an den Fotografen hielt. Einmal zwinkerte ich ihm zu, und er lachte und zwinkerte zurück.

»Was zwinkert ihr«, sagte Yvonne und lachte auch.

Als ich am nächsten Tag mit dem Fotografen zu Larissa kam, bestand sie darauf, sich umzuziehen. Sie zog den gelben Vorhang nur nachlässig zu, und ich sah ihren bleichen, ausgemergelten Körper und dachte, sie müsse sich daran gewöhnt haben, sich hinter Vorhängen auszuziehen. Ich wandte mich ab und trat ans Fenster.

Als Larissa hinter dem Vorhang hervorkam, trug sie Jeans, einen gemusterten Pullover in grellen Farben und schwarze flache Lackschuhe. Sie sagte, wir könnten auf den Balkon gehen, aber der Fotograf sagte, das Zimmer sei besser.

»Atmosphäre«, sagte er.

Ich sah, dass er unter dem Mundschutz schwitzte. Larissa lächelte, als er sie fotografierte.

»Er ist ein schöner Mann«, sagte sie, als der Fotograf gegangen war.

»Alle Fotografen sind schön«, sagte ich. »Die Leute wollen sich nur von schönen Menschen fotografieren lassen.«

»Die Ärzte hier sind auch schön«, sagte Larissa, »und gesund. Die werden nicht krank.«

Ich erzählte ihr von der hohen Selbstmordrate unter den Ärzten, aber sie wollte es nicht glauben.

»Das würde ich nie machen«, sagte sie, »mir das Leben nehmen.«

»Weißt du, wie lange …?«

»Ein halbes Jahr, vielleicht dreiviertel …«

»Kann man nichts machen?«

»Nein«, sagte Larissa und lachte heiser, »es ist schon im ganzen Körper. Alles verfault.«

Sie erzählte mir von ihrem ersten Klinikaufenthalt und dass sie damals geglaubt habe, sie sei geheilt. Dann sei sie schwanger geworden und habe geheiratet.

»Ich hätte mich vorher ja nie getraut. Und als ich im Krankenhaus war, für die Geburt, da hat alles wieder angefangen. Langsam nur. Sechs Monate lang haben sie mich zu Hause behandelt, dann haben sie gesagt, es wird zu gefährlich. Für das Kind. Ich habe solche Angst gehabt, solche Angst, dass sie sich angesteckt haben. Aber sie sind gesund. Gott sei Dank. Sie sind beide gesund. Ostern war ich noch zu Hause. Mein Mann hat gekocht. Und er hat gesagt, sechs Monate, hat der Arzt gesagt, dann bist du geheilt. Und wenn Sabrina ihren ersten Geburtstag hat, im Oktober, dann bist du wieder draußen. Im Mai, zu meinem Geburtstag, hat er mir den Ring gebracht.«

Ganz leicht streifte sie den Ring ab, den sie am Finger trug. Sie schloss ihn in ihre Faust und sagte: »Wir hatten kein Geld vorher, haben Möbel gekauft, einen Fernseher, Sachen für Sabrina. Den Ring brauchen wir nicht so dringend, haben wir gesagt. Im Mai hat er mir den Ring gebracht. Jetzt brauchen wir ihn, hat er gesagt.«

Dann sagte Larissa, sie wolle mein Gesicht sehen. Sie band einen Mundschutz um, und ich nahm meinen ab. Lange und schweigend schaute sie mich an, und erst jetzt fiel mir auf, wie schön ihre Augen waren. Endlich sagte sie, es sei gut, und ich band den Mundschutz wieder um.

An diesem Abend gingen wir mit den beiden Schwestern in die Sauna. Gudrun hatte gekichert, als der Fotograf den Vorschlag gemacht hatte, aber Yvonne war sofort einverstanden gewesen. Ich schwitzte kaum beim ersten Durchgang und blieb sitzen, als die Sanduhr längst abgelaufen war. Der Fotograf und Gudrun waren kurz nacheinander hinausgegangen.

»Soll ich aufgießen?«, fragte Yvonne und schüttete, ohne meine Antwort abzuwarten, Wasser auf die heißen Steine. Es zischte, und der Geruch von Pfefferminze breitete sich aus. Wir saßen uns gegenüber in der schummrigen Sauna. In dem schwachen Licht glänzte Yvonnes Körper von Schweiß, und ich dachte, sie ist schön.

»Stört dich das nicht, diese gemischten Saunas?«, fragte ich.

»Warum?«, fragte sie. Sie sagte, sie sei Mitglied in einem Fitnessclub und gehe oft in die Sauna.

»Ich mag das nicht«, sagte ich. »Nackt zu sein, als bedeute es nichts. Wir sind doch keine Tiere.«

»Warum bist du dann mitgekommen?«

»Es gibt ja sonst nichts zu tun hier.«

Als wir den Raum endlich verließen, kamen Gudrun und der Fotograf eben wieder herein. Und von jetzt an wechselten wir uns immer ab. Wenn wir uns ausruhten, schwitzten sie, wenn wir schwitzten, duschten sie und ruhten sich aus.

Ich lag neben Yvonne auf einer Liege. Ich drehte mich zur Seite und schaute sie an. Sie blätterte in einer Autozeitschrift, deren Seiten von der Feuchtigkeit stumpf geworden waren und sich wellten.

»Ich kann nicht abstrahieren«, sagte ich, »eine nackte Frau ist eine nackte Frau.«

»Bist du verheiratet?«, fragte sie mit teilnahmsloser Stimme, ohne von der Zeitschrift aufzuschauen.

»Ich wohne mit meiner Freundin zusammen«, sagte ich. »Du?«

Sie schüttelte den Kopf.

Nach drei Durchgängen hatten wir genug. Als Yvonne sich anzog, kam sie mir nackter vor als in der Sauna. Dann spielten wir Tischtennis, und der Fotograf und Gudrun setzten sich auf die Kraftgeräte und schauten uns eine Weile zu. Schließlich sagte Gudrun, ihr sei kalt, und die beiden gingen nach oben an die Bar. Yvonne spielte gut und gewann das Match. Ich bat sie um eine Revanche, aber sie gewann wieder. Wir hatten geschwitzt und duschten noch einmal.

»Gehen wir etwas trinken?« fragte Yvonne.

»Männer sind einfach«, sagte ich und hatte das Gefühl, dass meine Stimme zittere.

»Warum?«, fragte sie ruhig, während sie ihre Schuhe schnürte.

»Ich weiß nicht«, sagte ich. Und dann fragte ich: »Willst du mit auf mein Zimmer kommen?«

»Nein«, sagte sie und starrte mich entgeistert an, »ganz bestimmt nicht. Was soll das?«

Ich sagte, es tue mir leid, aber sie drehte sich nur um und ging. Ich folgte ihr die Treppe hinauf und zur Bar.

»Kommst du?«, sagte sie zu Gudrun. »Ich gehe nach Hause.«

Als die beiden Frauen gegangen waren, fragte mich der Fotograf, was los sei. Ich erzählte ihm, ich hätte Yvonne gefragt, ob sie mit auf mein Zimmer komme. Er sagte, ich sei ein Idiot.

»Hast du dich in sie verliebt?«

»Ich weiß nicht. Woher soll ich das wissen? Was machen wir überhaupt hier?«

»Verlieb dich nur nicht in deine schöne Patientin.«

»Findest du sie schön?«

»Sie hat etwas, ja. Aber das sieht ein Schreiberling nicht.«

Er lachte, legte mir den Arm um die Schulter und sagte: »Komm, wir trinken noch ein Bier. Wir können uns auch ohne die Frauen einen schönen Abend machen.«

Am nächsten Tag reiste der Fotograf ab. Die Schwestern der Tuberkuloseabteilung waren weniger freundlich als an den Tagen zuvor. Yvonne sah ich nicht, aber ich nahm an, dass sie geschwatzt hatte. Es war mir egal.

»Wie oft wollen Sie noch kommen?«, fragte die Oberschwester.

»Bis ich genug Material habe«, sagte ich.

»Ich hoffe, Sie nutzen ihre Situation nicht aus.«

»Wie meinen Sie das?«

»Frau Lehman ist seit einem halben Jahr isoliert. Sie ist empfänglich für Aufmerksamkeit jeder Art. Wenn sie enttäuscht würde, könnte das den Verlauf ihrer Krankheit negativ beeinflussen.«

»Bekommt sie keinen Besuch?«

»Nein«, sagte die Oberschwester, »ihr Mann kommt nicht mehr.«

Larissa trug wieder ihre Jeans. Sie hatte sich die Haare gekämmt und war geschminkt. Ich schaute sie an und dachte, der Fotograf hat recht gehabt.

»Das ist das schlimmste«, sagte Larissa, »dass niemand mich berührt. Seit einem halben Jahr. Nur mit Gummihandschuhen. Ich habe seit einem halben Jahr niemanden mehr geküsst. Ich habe gemerkt ... als mein Mann mich hierherbrachte, habe ich gemerkt, dass er sich fürchtete vor mir. Er hat mich auf die Wangen geküsst und gesagt, in sechs Monaten ... Es war, als sei ich erst in diesem Augenblick krank geworden. Am Abend vorher haben wir noch miteinander geschlafen. Zum letzten Mal. Das habe ich damals nicht gedacht. Und als wir hier in die Klinik kamen, da hat er plötzlich Angst gehabt vor mir. Ich sehe ihn immer noch so, in Unterhose beim Rasieren, während ich meine Toilettensachen packe. Und er sagt, nimm die Zahnpasta, ich kaufe dann eine neue. Nimm die Zahnpasta. Und ich habe sie genommen.«

Sie sagte, dass sie manchmal ihre Hand küsse, ihren Arm, das Kissen, den Stuhl. Ich schwieg. Ich wusste nicht, was ich sagen sollte. Larissa legte sich hin und weinte. Ich trat an ihr Bett und legte ihr die Hand auf den Kopf. Sie richtete sich auf und sagte: »Du musst deine Hände desinfizieren.«

Ich hatte genug Material für meine Geschichte zusammen. Am Abend aß ich in der Innenstadt. Aber ich ertrug den Rummel nicht und nahm bald den Bus zurück ins Industriegebiet. Als ich an der Endstation ausstieg, dachte ich an Larissa. Sie hatte mir erzählt, dass sie einmal gegen Abend durchgebrannt sei. Als eine Schwester vergessen hatte, die Zimmertür abzuschließen. Bis zur Bushaltestelle sei sie gegangen. Sie habe etwas abseits gestanden und zugeschaut, wie die Leute aus der Fabrik gekommen seien. Und sie habe sich vorgestellt, dass auch sie von der Arbeit komme. Dass sie nach Hause gehe. Auf dem Heimweg noch schnell etwas einkaufe und dann heimgehe und koche für ihren Mann und ihr Kind. Und dass sie nachher zusammen fernsähen. Dann sei sie zurück in die Klinik gegangen.

Es war noch nicht spät. Ich ging durch das Industriegebiet. Mitten zwischen den hässlichen Fabrikhallen standen ein paar neue Einfamilienhäuser. Sie sahen winzig aus in dieser Umgebung, als seien sie in einem anderen Maßstab gebaut. Vor einem der Häuser hängte ein Mann elektrische Kerzen in einen Baum. In der Tür standen eine Frau und ein kleines Kind im Licht und schauten zu. Die Frau rauchte. Im Nachbarhaus war ein Fenster erleuchtet. Ein Mann in einer Kochschürze deckte einen Tisch. Ich fragte mich, ob er Besuch erwartete oder ob er für sich selbst oder seine Familie kochte. Aus der Ferne hörte ich die Autobahn. Dann ging ich zurück ins Hotel. Es war kalt geworden. Yvonne saß an der Bar. Ich setzte mich neben sie und bestellte ein Bier. Wir schwiegen eine Weile, dann sagte ich: »Bist du oft hier?«

»Ich bin deinetwegen gekommen«, sagte sie.

Ich sagte, ich hätte es nicht böse gemeint.

»Ich bin nicht so«, sagte sie.

»Ich auch nicht. Ich weiß nicht, was mit mir los ist. Die vielen Kranken … Ich hatte das Gefühl, dass nichts hier eine Rolle spielt. Dass alles aufgehoben ist. Und dass wir uns beeilen müssen. Weil alles so schnell geht.«

Yvonne sagte, wir könnten zu ihr fahren, wenn ich wolle. Sie sagte, sie wohne in einem kleinen Dorf, ein paar Kilometer von hier. Ihr Wagen stehe vor dem Hotel.

Yvonne fuhr viel zu schnell. »Du bringst uns noch um«, sagte ich.

Sie lachte und sagte: »Mein Auto ist mir das Liebste, was ich habe. Es macht mich frei.«

Die Möbel in Yvonnes Wohnung waren aus Chromstahl und Glas. In einer Ecke lagen rote Hanteln. Im Flur hing in einem kleinen Wechselrahmen ein Blatt Papier, auf dem stand: »Was Du wirklich willst, das kriegst Du auch.«

»Es ist kalt in deiner Wohnung«, sagte ich.

»Ja«, sagte Yvonne, »das muss wohl so sein.«

»Glaubst du«, fragte ich, »dass man alles kriegen kann?«

»Nein«, sagte Yvonne, »ich würde es gern glauben. Du?«

»Ich habe dich nicht gekriegt.«

»Man kriegt Menschen nicht«, sagte sie. »Wenn du wirklich wolltest ... Und dir Zeit nehmen würdest ...«

Ich sagte, ich hätte keine Zeit. Yvonne ging in die Küche, und ich folgte ihr.

»Wasser, Orangensaft, Weizentrunk oder Tee?«, fragte sie.

Wir tranken Tee, und Yvonne erzählte mir von ihrer Arbeit und warum sie Krankenschwester geworden sei. Ich fragte, was sie in ihrer Freizeit mache, und sie sagte, sie treibe Sport. Am Abend sei sie meistens zu müde, um noch auszugehen. An den Wochenenden besuche sie ihre Eltern.

»Ich bin zufrieden«, sagte sie. »Es geht mir gut.«

Dann brachte sie mich zurück ins Hotel. Zum Abschied küsste sie mich auf die Wangen.

Am Morgen schneite es leicht. Die Pfützen auf dem Weg zur Klinik waren zugefroren. In der Zeitung las ich, dass gestern auf den Autobahnen des Bundeslandes vier Autofahrer durch Eisregen umgekommen waren. »Blitzeis«, hieß es in der Schlagzeile.

Larissa wartete schon auf mich. Sie erzählte von einem Film, den sie gestern gesehen hatte. Dann schwiegen wir lange. Schließlich sagte sie, sie werde durch zunehmende Schwäche sterben, wenn der Gewichtsverlust zu groß werde. Oder durch einen Blutsturz. Dann huste man Blut, nicht viel, ein kleines Glas voll. Das tue nicht weh, aber es gehe sehr schnell, ein paar Minuten, und könne ganz plötzlich kommen.

»Warum erzählst du mir das?«

»Ich dachte, es interessiert dich. Deswegen bist du doch hier.«

»Ich weiß nicht«, sagte ich, »ja, vielleicht.«

»Ich kann mit niemandem sprechen hier«, sagte Larissa. »Sie sagen mir nicht die Wahrheit.«

Dann schaute sie zu Boden und sagte: »Die Lust geht nie weg. Wenn ich noch so schwach bin. Am Anfang, als ich mit meinem Mann zusammen war, haben wir uns jeden Tag geliebt. Manchmal ... einmal im Wald. Wir gingen spazieren. Im Wald war es feucht, und es roch nach Erde. Wir haben es im Stehen gemacht, an einem Baum. Und Thomas hat Angst gehabt, dass jemand kommt.«

Larissa trat ans Fenster und schaute hinaus. Nach einigem Zögern sagte sie: »Hier mache ich es ... mache ich es mir selbst. Nachts, nur in der Nacht. Machst du das? Weil ich mir dann vorstellen kann ... und weil ... was ich will ... und weil ... die Schwestern klopfen nicht, wenn sie hereinkommen ... Das geht nicht weg, die Lust.«

Sie schwieg wieder. Im Fernsehen lief ein Tierfilm. Der Ton war ausgeschaltet. Ich sah eine Herde Gazellen lautlos über eine Steppe galoppieren.

»Jetzt kommen bald wieder die alten Filme. Vor Weihnachten«, sagte ich.

»Das sind meine ersten Weihnachten in der Klinik«, sagte Larissa, »und meine letzten.«

Als ich die Station verließ, traf ich Yvonne auf dem

Flur. Sie lächelte und fragte: »Was machst du heute Abend?«

Ich sagte, ich müsse arbeiten.

Ich ging über das Gelände der Klinik. Zum ersten Mal fielen mir die vielen Gesichter an den Fenstern auf. Und mir fiel auf, dass die Besucher schneller gingen als die Patienten. Einige weinten und hielten den Kopf gesenkt, und ich hoffte, dass ich mich nicht schämen würde, wenn ich jemals um jemanden trauern sollte. Die Minigolfanlage am Rand der Klinik war von Laub bedeckt. Im Wald gebe es Rehe, hatte Larissa gesagt. Und Eichhörnchen. Und sie füttere die Vögel auf ihrem Balkon.

Als es Abend wurde, ging ich wieder durch das Industriegebiet. Bei einem Schnellimbiss kaufte ich mir einen Hamburger. Ich kam zu einem riesigen Gebäude, einem Möbelgroßmarkt, und ging hinein. In der Eingangshalle standen Dutzende von Lehnstühlen, waren Dutzende von Fernsehecken simuliert worden. Ich ging durch die Sammlung von Lebensentwürfen und wunderte mich, wie sehr sie sich alle glichen. Ich versuchte, mir das eine oder andere Möbelstück in meiner Wohnung vorzustellen. Und dann dachte ich an Larissa und fragte mich, welche Fernsehsessel sie und ihr Mann gekauft hatten. Und ich dachte an ihren Mann, der jetzt allein in der Wohnung saß und vielleicht ein Bier trank und vielleicht an Larissa dachte. Und ich dachte an ihr Kind, an dessen Namen ich mich nicht erinnerte. Bestimmt schlief es jetzt schon.

Neben dem Ausgang des Geschäfts lagen Weihnachtsdekorationen in großen Körben, Lichterketten, von innen beleuchtete Plastikschneemänner und kleine, grobgeschnitzte Krippenfiguren. »Wir freuen uns auf Sie, Montag – Freitag 10 – 20 Uhr, Samstag 10 – 16 Uhr«, las ich auf der Glastür, als ich das Geschäft verließ. Draußen war es dunkel geworden.

Am nächsten Tag reiste ich ab. Ich ging noch einmal kurz bei Larissa vorbei, um mich zu verabschieden. Wieder begann sie, von ihrer Jugend in Kasachstan zu erzählen, von der Wüste und von ihrem Großvater, dem Vater ihres Vaters, der aus Deutschland in den Osten gegangen war.

»Als er im Sterben lag, kam der Priester. Und sie redeten noch ein bisschen. Er war alt. Und da fragte der Priester, wie war denn nun dein Leben, Anton – er hieß Anton, mein Großvater –, wie war dein Leben? Und weißt du, was mein Großvater gesagt hat? Kalt, hat er gesagt, mir war mein ganzes Leben lang kalt. Dabei war es im Sommer so heiß. Aber er hat gesagt, mir war mein ganzes Leben lang kalt. Er hat sich nie an die Wüste gewöhnt.«

Sie lachte, und dann sagte sie: »Es geht so schnell. Manchmal schalte ich den Fernseher aus, damit die Zeit nicht so schnell vergeht. Aber dann halte ich es noch weniger aus.«

Sie erzählte von einem ihrer Nachbarn in Kasachstan, bei dessen Fernseher die Bildröhre kaputt gewesen sei und der, wenn er das Gerät anschaltete, doch immer auf den schwarzen Bildschirm schaute.

»Wie wenn man in der Nacht aus dem Fenster schaut, weil man weiß, dass da etwas ist. Auch wenn man es nicht sehen kann«, sagte sie. »Ich habe Angst. Und die Angst geht nicht mehr weg. Bis zuletzt.«

Sie sagte, die Angst sei, wie wenn man das Gleichgewicht verliere. Wenn man, bevor man falle, einen Moment lang das Gefühl habe, auseinandergerissen zu werden, in alle Richtungen zu zerplatzen. Und manchmal sei es wie Hunger, wie Ersticken, und manchmal, als werde sie zusammengedrückt. Larissa sprach schnell, und mir war, als wolle sie mir alles erzählen, woran sie in den letzten Monaten gedacht hatte. Als wolle sie mich zum Zeugen machen, mir ihr ganzes Leben erzählen, damit ich es aufschreibe.

Ich stand auf und verabschiedete mich von ihr. Sie fragte, ob ich zu ihrer Beerdigung kommen werde, und ich sagte, »nein, wahrscheinlich nicht«. Als ich mich in der Tür noch einmal umdrehte, schaute sie in den Fernseher. Am Nachmittag fuhr ich zurück.

Zwei Wochen später schickte ich Larissa Schokolade. Die Bilder schickte ich ihr nicht. Sie sah darauf zu krank aus. Sie meldete sich nicht. Yvonne schrieb mir zwei freundliche Briefe, aber ich antwortete nicht.

Als ich ein halbes Jahr später von einer Reportage zurückkam, lag in meinem Briefkasten eine Todesanzeige. »Mit freundlichen Grüßen«, hatte der Chefarzt daruntergeschrieben.

Peter Stamm
An einem Tag wie diesem
Roman
Band 17383

Wenn die Wünsche übermächtig werden, muss der nächste Tag ein anderer werden. Nach den Bestsellern ›Agnes‹ und ›Ungefähre Landschaft‹ erzählt Peter Stamm in seinem neuen Roman wieder meisterhaft von der Liebesunfähigkeit und dem brennenden Verlangen nach dem großen Gefühl, er erzählt von der Wirklichkeit, die wie ein Traum vergeht, bis man sein Leben selbst in die Hand nimmt.

»Noch nie hat Peter Stamm so erregend
aus der Mitte der Existenz heraus erzählt.«
Neue Zürcher Zeitung

Fischer Taschenbuch Verlag

fi 17383 / 1

Peter Stamm
Wir fliegen
Erzählungen
Band 17803

In seinen neuen, wunderbaren Geschichten zeigt sich Peter
Stamm als Meister im Erzählen unerwarteter Wendepunkte,
des flüchtigen Glücks, mit dem man nicht mehr gerechnet
hat. Denn kann man wünschen, was man nicht einmal sich
selbst gegenüber zugibt? Und widerspricht der Wunsch, aus-
erwählt zu sein, dem Wunsch nach Liebe?

»Von diesen stillen, behutsamen,
diskreten Texten geht Mut und Kraft aus.«
Martin Ebel, Tages Anzeiger

»Genau davon, von den Vorzügen
der Schweigsamkeit, von der brennenden Erwartung,
von der tröstlichen Ungewissheit des Lebens
handeln Stamms beste Erzählungen.«
Wolfgang Höbel, Der Spiegel

Fischer Taschenbuch Verlag

fi 17803 / 1

Peter Stamm
Ungefähre Landschaft
Roman
Band 18824

Ein kleines norwegisches Dorf nördlich des Polarkreises. An
diesem Rand der Welt lebt Kathrine. Sie ist 28, hat aus erster
Ehe ein Kind und unterbricht nur selten das Einerlei ihrer Tage. Sie lernt Thomas kennen und heiratet ihn. Er ist das, was
man eine gute Par tie nennt, er gibt ihr Halt. Doch dann macht
Kathrine eine Entdeckung, die sie tief verletzt.

Das Porträt einer jungen Frau, erzählt mit schwebender
Leichtigkeit.

»Peter Stamm,
seit seinem Debüt ›Agnes‹
gefeiert, brilliert auch in seinem zweiten
Roman durch seine klare, unaufgeregte und nur
scheinbar schlichte Sprache. Der Stil porträtiert zugleich
auch die spröde Heldin, eine Frau auf der Suche. Kathrine
erkennt: Nur wer zu sich selbst findet, kann leben. Ein
bestechend gutes Buch. Stamms Sätze können klirren
wie Eis und schweben wie eine Schneeflocke.«
Frankfurter Rundschau

Fischer Taschenbuch Verlag

Peter Stamm
Agnes
Roman
Band 17912

»Glück malt man mit Punkten,
Unglück mit Strichen ... Du musst, wenn du
unser Glück beschreiben willst, ganz viele kleine Punkte
machen ... Und dass es Glück war, wird man erst
aus der Distanz sehen.«

»Ein faszinierender literarischer Ernstfall.«
Neue Zürcher Zeitung

»Stamms literarisches Debüt ist ein so
sensibles wie lakonisches Kammerspiel über versuchte
Nähe, gelingende Liebe, metaphysisches Unglück
und sanftes Entschwinden.«
Jochen Hieber, Frankfurter Allgemeine Zeitung

Fischer Taschenbuch Verlag

Peter Stamm
Seerücken
Erzählungen
192 Seiten. Gebunden

»Was das Scheitern anbelangt,
das leise Scheitern im Alltag, dem kein
dramatisches Leiden folgt, darin ist
Peter Stamm ein literarischer Meister. (...)
Auf geradezu prekäre Weise sind die
Erzählungen auch darin stimmig, dass sie
die Verzagtheit zum natürlichen
Lebenszustand der Menschen erklären.«
Karl-Markus Gauss, Die Zeit

»Ein brillanter Erzähler.«
Der Spiegel

S. Fischer

fi 1-075133 / 1